우속이
멀려가봤자

la collec' des filles

말 룰 을

나는

올려도 우웅이

어디

멀리 가봤자

Illustrations de
Karen Laborie

La Plus belle lettre d'amour

Geneviève Senger

Éditions Lito

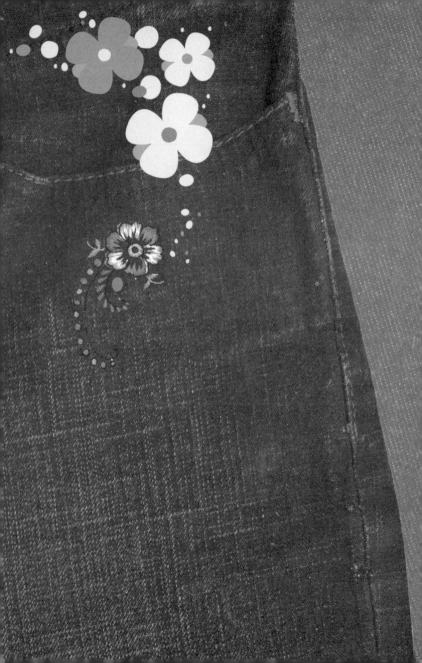

Le placard de **Ninon**

en week-end
1• Sac à dos
2• Chemise cintrée
3• Jean délavé
4• Maillot
de bain blanc

Chapitre 1
Rentrée

Mon cher Babouf, mon ordinateur, luit douce-ment dans l'obscurité de ma chambre. Je caresse les touches du clavier, l'écran noir, quand sou-dain mon père jaillit dans l'embrasure de la porte entrouverte, le téléphone à la main.

– Elle ne perd pas de temps, Ophélie ! Tu viens à peine de rentrer !

– Alors enfin de retour ? Tu m'as manqué tu sais ! A-t-on idée de rester deux mois à Saint-Malo !

– Si tu crois que j'ai eu le choix !

J'entends sa voix qui baisse d'un ton :

– Écoute, j'ai quelque chose à te dire…

Maintenant, je n'entends plus que son souffle.

Au bout d'une éternité, elle reprend :

— J'avais hâte de t'en parler... Il m'arrive un truc sensationnel... j'ai rencontré un garçon super, il s'appelle Tristan et...

— Ah non ! Ne me dis pas que c'est reparti ! La dernière fois, il avait vingt-cinq ans, et tu as pleuré quand il t'a dit que tu étais trop jeune pour lui, parce que toi, bien sûr, tu n'avais pas remarqué...

— Mais si, j'avais remarqué, mais je voulais faire comme si...

— Tu veux toujours faire comme si ! La fois d'avant c'était Arieh, et il n'avait pas le droit de te retrouver le samedi à cause du shabbat, et tous les samedis tu attendais un coup de fil qui ne venait pas... Et avant Arieh, tiens je ne me rappelle même plus ! Enfin qu'importe, ce sont des amours impossibles ! Alors, dis-moi, il est quoi maintenant ? Terroriste peut-être ? Ou braqueur de banque ? Ou drogué ?

Je l'entends roucouler comme un pigeon content. Je sens qu'elle va se surpasser.

— Rien de tout ça ! Il est normal, celui-là. Enfin, normal comme nous. Et on sera dans le même lycée. Il a seize ans comme nous, il habite à Strasbourg comme nous, son père est gynécologue. Ils viennent de Paris !

Elle glousse.

J'avais raison : ça s'annonce fort.

– Là, tu m'épates ! Tu es sûre qu'il n'a pas un vice caché, je ne sais pas moi, quelque chose d'implacable, du genre j'ai une maladie grave et il me reste trois mois à vivre ?

Elle ne rit plus. J'y suis peut-être allée trop fort ? Mais je n'y connais rien, moi, à l'amour ! Je n'ai jamais été amoureuse. Je ne vis que par procuration. Je suis l'oreille fidèle, la confidente des mauvais jours, parfois des bons. Mais surtout des mauvais. Quand les jours sont bons, on m'oublie. Le bonheur ne se raconte pas, paraît-il.

– Bon, je te crois, il doit être super... je suis contente pour toi.

Silence sur la ligne. Elle attend que je lui parle. De moi. Le problème, c'est que je n'ai rien à dire. Question amour, c'est zéro pointé. Je n'ai rencontré personne à Saint-Malo cet été, pas même un quelconque Anglais qui serait tombé follement amoureux d'une noiraude de mon espèce (comme en Angleterre toutes les filles sont rousses, j'avais mes chances, mais même pas). Je me suis contentée d'errer, douloureuse et mélancolique, le long de la grève, espérant tomber sur le garçon idéal. Genre : je trébuche, il me rattrape, me serre dans ses bras, il est beau comme un dieu et il me murmure « je vous attendais ».

Et Ophélie pendant ce temps rencontrait Tristan. Elle a toujours eu de la chance.

Ophélie insiste :

– Et toi ? Raconte ! Je parie que tu as rencontré des tas de gens intéressants…

Elle ne peut même pas imaginer le désert, glacial, de cet été.

Je m'entends prononcer :

– Moi aussi, j'ai du neuf.

Exclamation au bout du fil :

– Raconte !

Sa voix me parvient, tout émoustillée :

– Il est beau au moins ?

J'opte pour l'esquive.

– Mieux que ça, tu peux même pas te le représenter…

Elle se tait. Je l'ai eue à l'esbroufe. Même avec

les copines, on ne peut pas être naturelle. Et, au lieu de lui dire la vérité, la pure, la simple vérité, je lui annonce quasiment que j'ai rencontré le futur père des mes enfants.

– Il habite à Saint-Malo ou il passe juste ses vacances là-bas comme toi ?

Je fonds en larmes avant de raccrocher.

Je ne suis même pas capable d'avoir un petit copain en imagination. N'importe quelle fille aurait inventé une relation idyllique, du type coup de foudre « mais tu comprends il est australien, ou néo-zélandais ou papou, et il est rentré chez lui, mais on s'écrit, on se maile, on se téléphone, on se reverra l'année prochaine, c'est l'amour à vie ».

Je ne suis même pas fichue d'inventer une histoire d'amour.

Je vais insérer un CD de Barbara Hendricks dans l'appareil. J'aime sa voix. J'ai un drôle de rapport avec les voix… Je suis capable de tomber amoureuse d'une voix.

– Il y a quelque chose qui te chiffonne ?

Nous sommes à table. Mon père me scrute :

– Tu en fais une tête ! D'habitude tu es plutôt

contente de retrouver ta chambre, tes copines… au fait, comment va Ophélie ?

Je lance d'un ton rogue qui découragerait n'importe qui :

– Elle va bien, très bien même.

– Et puis encore ? Elle va bien, ça ne veut rien dire !

– Elle va bien, ça veut dire que tout tourne… Elle s'est très bien amusée, sans moi, je ne suis pas indispensable à son bonheur…

Ses yeux noirs pétillent.

– Tu n'étais pas là, elle a bien le droit de se distraire !

Il passe une main dans mes hideux cheveux noir corbeau mais n'ajoute rien. Il n'est pas très loquace, mon père.

Je mastique mon steak en pensant à la beauté blonde et longiligne d'Ophélie, ses rondeurs impeccables, et ses yeux couleur océan… La beauté en 1,75 m et 52 kg. Sportive, musclée mais avec du charme. Moi : cheveux noirs, yeux noirs, peau presque noire. Un vrai pruneau. Mais qui n'aurait pas desséché au soleil. Un pruneau rebondi. Qui a bonne mine, dit mon père. Le contraire d'Ophélie.

Moi, j'ai le plus adorable des pères, mais je voudrais AUSSI l'amour. Disons, depuis quelque temps. Avant, au collège, je n'y pensais pas. Je regardais les amours des autres, que je trouvais stupides.

Décidément, ce steak est insipide, dur et filandreux.

– Je te laisse débarrasser ? Je dois sortir, mais je ne rentrerai pas très tard… Appelle-moi sur mon mobile s'il y a urgence !

Je hais les mobiles. Tous les mobiles, le mien que j'ai perdu et le sien qui ne me permet pas de le localiser dans l'espace. Mais suis-je bête ! mon père n'a qu'un endroit au monde : son cher et bien-aimé laboratoire où il analyse sang, larmes, urines, et j'en passe. Mais d'habitude, le jour où je rentre de vacances, nous passons la soirée ensemble… Sans doute a-t-il un virus urgent à identifier…

Il enfile sa veste : il est plutôt pas mal pour son âge. On ne lui donnerait pas quarante ans. À peine deux fils gris dans ses cheveux noirs. Il se penche vers moi pour m'embrasser. Je respire son eau de toilette.

Il a changé de marque et il ne m'a pas demandé mon avis !

C'était pourtant notre rituel : tous les deux mois à peu près, virée chez Séphora, je hume les parfums, j'en choisis deux, un pour lui, un pour moi. Le tout dure au moins une heure.

Si je ne peux même plus lui choisir ses parfums, je sers à quoi ?

Sur ces pensées positives, je réintègre ma chambre et je me précipite sur Babouf. Lui, il a toutes les patiences. Il peut tout entendre.

Je me lance.

J'écris. Une histoire. Je ne sais pas laquelle. Ne m'en demandez pas trop ! On verra quand ce sera fini. Au moment du point ultime.

J'éteins.

Me couche avec les quatre feuillets que l'imprimante vient de cracher.

Je lis. À voix haute. Je suis seule dans l'appartement. Deux cents mètres carrés pour étaler ma voix, ma vie.

« *Ma chérie amour,*

Tu n'es partie que depuis quelques minutes et déjà l'océan me semble amer. Les vagues rugissent de colère, le sable est trempé de larmes, les rochers aiguisent leurs arêtes dans l'air qui annonce l'hiver.

Sans toi, je n'existe pas. Tu donnes vie à mon corps, mon âme, mes espoirs. Tu es mon corps, mon âme, mon espoir.

Un jour, nous vivrons ici, tous les deux, face à l'îlot de Chateaubriand. Hors du temps. Nous aurons une vieille, très vieille maison fermée par une grille rouillée, un jardin avec des arbres sans âge, et des chambres innombrables que nous peuplerons de nos rêves. Je te dessinerai, et te peindrai, je te rendrai éternelle et belle comme la vie.

Sur cette plage, tu marchais vers l'océan, dans le froid et le vent, les yeux fixés sur les vagues, tu es entrée dans l'eau, et je t'ai suivi. Sans réfléchir. Cela me semblait évident.

Nous sommes ressortis ensemble. Cela aussi semblait évident. Nous n'avons pas réfléchi. Nous sommes des êtres d'intuition.

Charles »

J'ai fini par m'endormir sur les feuillets trempés.

Chapitre 2
Le cousin de Caro

— Téléphone, m'annonce mon père en me tendant le combiné, ça doit être urgent pour qu'on t'appelle sur MON portable à huit heures du matin !

C'est la voix d'Ophélie.

— J'ai appelé sur la ligne fixe mais ça sonnait tout le temps occupé, tu as encore dû oublier de raccrocher ! Je voulais te dire que je vais à la piscine, on passe te prendre dans deux heures, Tris et moi…

Je bredouille, je suis un peu enrhumée…

— Mais tu n'as pas besoin de te baigner ! Tristan non plus ne se baigne pas, il a horreur de la flotte, il a failli se noyer quand il était petit…

– Alors pourquoi la piscine ?

– Pour moi ! Il me regarde, il m'encourage. Je veux réussir la prochaine compet', tu sais que mon entraîneur croit en moi et qu'il exige des résultats…

– Tu as un nouveau fan, si je comprends bien. Mais ce serait mieux s'il aimait ça lui aussi, non ?

– Pas du tout ! J'ai même l'impression de faire des progrès depuis que je sens son regard sur moi…

Elle ajoute :

– Tu ne viens vraiment pas ? T'es sûre ?

– Tout à fait sûre !

Elle raccroche après un salut assez sec. Je l'ai déçue.

– Ninon, qu'est-ce que tu trafiques ? Dépêche-toi, je ne suis pas en avance ce matin !

Je dois me sacrifier et participer au rituel du petit déjeuner. Il ne peut pas avaler son café sans moi ? J'ai été bien obligée, moi, de me passer de lui cet été.

– Ninon, dis-moi franchement : que se passe-t-il ? Je ne te reconnais plus. Depuis que tu es rentrée à la maison tu ne parles plus que par monosyllabes, à croire que tu as perdu les mots… et pardonne-moi l'expression, tu fais une de ces gueules ! À croire que le ciel t'est tombé dessus ou au moins un de ses nuages !

– Ophélie est amoureuse…

Il darde sur moi un regard étonné :

– Et alors ? C'est de son âge, non ?

Il aplatit une couche de beurre sur sa biscotte, et ce qui devait arriver arriva : la biscotte se cassa.

– Oh merde !

Au moins, voilà qui est clair.

– Ninon, ma chérie, ton tour viendra. Tu es sans doute encore un peu trop jeune !

– Mais j'ai le même âge qu'elle !

Il soupire, sourit, resoupire, s'escrime sur une nouvelle biscotte, la recasse.

– Arrête de massacrer ces biscottes qui ne t'ont rien fait ! Et laisse faire les grandes !

Il me regarde beurrer la biscotte.

– Tu as peut-être le même âge, mais ça ne veut rien dire, rien du tout. Toi, tu es encore une petite fille comparée à Ophélie.

C'est bien ce que je pensais. Il ne me voit pas. Ou quand il me regarde, il voit le bébé dans ses couches-culottes. Aux joues rebondies et aux jambes dodues.

– J'essaierai de rentrer à midi, mais je ne te promets rien, de toute façon madame Mercier vient ce matin, tu déjeuneras avec elle…

– Je préfère encore Caroline à madame Mercier, qui va me pomper avec ses maladies imaginaires toutes plus terribles les unes que les autres…

Il n'insiste pas. Mon emploi du temps, au fond, l'indiffère. Du moment que je le laisse tranquillement se pencher sur ses microbes… Au fond, c'est un homme heureux. Il a une passion. Qui lui tient lieu de vie. Et de femme.

Pourquoi ne s'est-il jamais remarié ?

* * *

– Parce que ton père t'adore et qu'il n'a pas voulu t'imposer une belle-doche !

C'est une opinion qui mérite réflexion. En tout cas, c'est celle de Caro.

Caro vit seule avec sa mère ; son père a disparu un soir, en allant acheter des cigarettes au coin de la rue.

– Tu aimerais avoir une belle-mère ? reprend Caro de sa voix un peu pointue.

– Je n'ai jamais réfléchi à la question. Pour l'instant, seuls les microbes l'intéressent.

Elle n'insiste pas. J'embraye sur un sujet qui me passionne davantage que les amours de mon père : celles d'Ophélie.

– Ah oui ! Je suis au courant, s'exclame Caro en tripotant un hideux nounours tout pelé qui a résisté à tout.

Elle lâche le malheureux nounours et grimace, ce qui enlaidit considérablement son minois triangulaire de petit chat affamé. Elle est plutôt mignonne, Caro, mais un peu trop maigre, chat efflanqué, quoi. Pas trois kilos de trop comme moi. Ni longiligne comme Ophélie.

– Cette fois, elle est tombée sur une perle ! Il a tout ce qu'il faut pour plaire.

– Même pour te plaire à toi ? je plaisante, sachant que Caro est un cas rare, le seul que je connaisse, une exception digne d'être citée dans les annales : elle n'a pas envie d'être amoureuse. Non seulement elle n'a jamais eu le moindre petit copain, et encore moins embrassé aucun garçon – moi non plus d'ailleurs –, mais elle prétend trouver ça parfaitement idiot.

– Celui qui me plaira n'est pas encore né ! déclare Caro avec une moue.

La sonnette fait son boulot, elle sonne, et Caro se précipite dans le couloir. Je reste seule dans la chambre avec ses livres alignés sur leur étagère, ses bibelots sur une autre, le bureau parfaitement organisé.

Caro a un an de moins que nous, et elle trouve le moyen d'être en tête de classe.

Il n'y a qu'en amour qu'elle ne réussit pas.

– Je te présente Antonin, mon cousin, on sera ensemble au lycée…

Antonin s'assied sur la chaise où on lui dit de s'asseoir, et entreprend de se taire. Il est petit (enfin un peu plus grand que moi malgré tout), brun, et avec des lunettes qui lui donnent un air d'intellectuel. Et muet, semble-t-il.

– Tu reviens de la mer ?

Quelle pertinence ! Il ajoute :

– Ça se voit, tu es toute bronzée ! Et c'est un bronzage océan, je m'y connais…

Il me raconte qu'il connaît bien Saint-Malo, ses

parents y louent depuis deux ans une villa.

— Au mois de juillet, précise-t-il sans se rendre compte de mon profond désintérêt.

— Vous auriez pu vous rencontrer, s'exclame Caro qui, malgré son Q.I. exceptionnel, n'a pas inventé la psychologie.

— Oui, sourit-il, le hasard a mal fait les choses, mais enfin maintenant que j'habite Strasbourg, il est réparé.

Je ne réponds pas. Je ne souhaite qu'une chose : qu'il ne s'incruste pas. J'ai envie d'inviter Caro à manger un doner kébab au restaurant turc près de la cathédrale et j'espère que le cousin ne m'obligera pas à revoir mes plans.

— On mange ensemble tous les trois ? propose Caro, je ferai des pâtes au basilic et à l'huile d'olive, j'ai même du parmesan. Vous aimez ça ?

Non seulement elle n'a pas inventé la psychologie mais elle n'en a même jamais entendu parler.

Il se lève.

— Je ne peux pas, annonce-t-il, ma mère m'attend.

Ça prouve :

— soit qu'il a compris que sa présence me pèse,

– soit qu'il est un petit garçon à sa maman. Fils unique, je présume.

Ou les deux.

– Comment trouves-tu mon cousin ? s'enquiert Caro dès que le cousin se trouve hors de notre vue.

Je hausse les épaules en murmurant un « bof, je ne sais pas, il n'est pas resté longtemps… »

– Tu verras, il est génial…

Re-bof, mais en silence cette fois.

– J'ai une bonne nouvelle, je suis passée au lycée hier pour consulter les listes et on est dans la même première L, Antonin, toi et moi.

– Et Ophélie ?

– Elle n'est pas avec nous. Mais où as-tu la tête ? Elle ne peut pas être avec nous puisqu'elle fait S. Comme Tristan d'ailleurs.

Caro et moi, nous avons choisi L, la section littéraire. Mais Caro est mille fois plus douée que moi.

* * *

Nous sommes déjà venues à bout d'un premier doner. On suffoque. Il fait une chaleur d'enfer à Strasbourg, rien à voir avec la brise océane.

Caro pense à son cousin, et moi je rêve à celui qui n'existe pas.

– Antonin est le plus merveilleux cousin dont on puisse rêver…

– Ah oui, je rétorque ? Moi, il ne m'a pas semblé exceptionnel…

– Il n'est pas comme les autres, il ne pense pas comme tout le monde, il regarde, il écoute, il ne parle pas pour ne rien dire.

Moi, je n'ai rien constaté. D'ailleurs, le sujet Antonin m'ennuie.

– Tu veux un dessert ? Choisis, c'est moi qui paie !

Je suis nulle. Elle va s'imaginer que je la prends en pitié parce qu'elle a beaucoup moins d'argent que moi et elle va me planter là, sans un mot.

– Ne crois pas que…

– Je ne crois rien du tout, murmure-t-elle en me regardant droit dans les yeux. C'est normal que ce soit toi qui paies, puisque c'est toi qui as le plus de fric… Moi, je ferais pareil et ça ne me poserait aucun problème.

Elle a raison. Elle choisit calmement une coupe glacée. Je prends la même. À partir d'aujourd'hui, je fais tout comme elle.

Même en ce qui concerne l'amour. Elle a raison. Les garçons, je laisse tomber. Pas envie de me compliquer la vie. Je préfère rester seule. Mon père aussi est seul. Nous sommes seuls ensemble. Nous faisons tout en commun.

Sauf pour l'eau de toilette qu'il a choisie sans moi.

– C'est parce qu'il est tombé en panne, m'explique Caro en enfournant sa chantilly, et comme tu étais à mille kilomètres…

– Il aurait pu attendre…

– Disons que c'était une urgence !

Je veux bien.

– On va voir si on trouve quelque chose d'intéressant à s'acheter pour la rentrée ? Et n'hésite pas, c'est moi qui te l'offre ! Normal, tu ferais pareil.

On rit, c'est la première fois depuis que je suis rentrée. Je me sens mieux. Le ciel plombé par la pollution me paraît presque bleu.

Je vais vider tout mon compte en banque.

C'est fait, enfin quasiment. J'ai acheté un jean hyper délavé et un chemisier hyper cintré, et Caro a choisi une petite jupe qui lui va comme un gant.

Je me suis aussi offert Passion, un parfum de femme fatale.

Chapitre 3
L'amour parfait

Charles m'entraîne vers l'océan, mes pieds touchent à peine le sable, et déjà les vagues, nous roulons dans les odeurs de sel et de vent, c'est un été comme je les aime, chaud et léger comme du miel liquide.

– Dis donc, qu'est-ce que tu trafiques ?

J'ouvre un œil, Ophélie est face à moi, debout dans MA chambre, elle dit :

– J'ai sonné, ça ne répondait pas, et comme la porte n'était pas verrouillée, je suis entrée… Sais-tu qu'il est deux heures de l'après-midi et que tu devrais être n'importe où sauf dans ton lit ?

Je grommelle que je suis crevée, que j'ai mal aux yeux, que…

Elle m'interrompt :

– Arrête ton cinéma ! Je te connais bien, il y a quelque chose…

Elle ajoute :

– J'ai l'impression que tu m'en veux ! Mais je ne sais pas de quoi. Alors je suis venue te le demander.

Je m'adosse contre le mur. Je la regarde. Elle est toujours aussi séduisante, même un peu plus, grâce au hâle léger de sa peau blonde.

– Alors, je t'écoute, et tâche d'être convaincante, car je ne bougerai pas avant que tu aies accouché de tes malheurs.

Je parle.

– Je n'ai pas de copain…

– Ça, j'ai cru comprendre… et encore ? Ce n'est pas nouveau !

– Oui, justement. Toujours moi. Est-ce que tu pourrais me dire pourquoi je ne les attire pas ? Pourquoi je ne les séduis pas ? Pourquoi je ne suis pas une femme fatale ?

Elle rit.

– C'est tout l'effet que ça te fait ! Bonjour l'amitié ! Évidemment toi, tu les as tous à tes pieds, ruisselants d'amour transi ! Mais que fais-tu exactement ? Tu pourrais me donner tes recettes !

– Il n'y a pas de recettes.

– Ah ouais ! Je te crois !

– Je te jure ! Je ne le fais pas exprès, il y a même des jours où ça m'ennuie. Où j'aimerais qu'on me laisse tranquille. Après Arieh par exemple, j'en avais vraiment ma claque, je voulais prendre des vacances, j'en avais bavé… et puis je tombe sur Tristan, ou plus exactement il tombe sur moi et c'est reparti. En fait, je ne sais pas dire non à l'amour que j'inspire. Mais moi…

– Toi quoi ?

– Moi… je ne sais même pas si je suis vraiment amoureuse…

– De Tristan ?

– Oui, ni des autres avant…

– En tout cas, c'était vachement ressemblant !

Elle secoue ses cheveux blond doré, couleur blé mûr.

– Ouais, c'est comme si je me laissais convaincre… en fait, tu veux que je te dise ? Je n'ai jamais ressenti le grand frisson, le coup de foudre je ne connais pas. Ce sont les garçons qui me repèrent, et moi je me laisse repérer, mais je n'encourage pas ou alors je ne m'en rends pas compte.

Je suis perplexe. C'est fou comme les gens cachent bien leurs sentiments !

– Tu dois aimer ça, sinon tu les jetterais…

– Sûrement, mais c'est peut-être aussi parce que je suis lâche et que j'ai peur, au fond de moi, de me retrouver seule…

Serait-elle fragile, la future championne si calme, si maîtresse d'elle-même ?

Elle soupire :

– On se ressemble toutes les deux, on attend le grand amour !

– Eh bien on peut toujours attendre, je persifle, les chevaux blancs deviennent rares et les princes ne sont plus ce qu'ils étaient.

On rit. Heureusement que ça finit toujours par des rires.

– Allez ouste habille-toi ! On va boire un pot à l'Orangerie.

Devant notre ice-tea à la pêche, nous rembrayons sur la séduction. Devant nous, sur le lac, les amoureux canotent entre les cygnes.

– Toi aussi, tu as du charme, me rassure Ophélie qui est une grande âme, je t'assure.

Je soupire.

– Au fait, reprend Ophélie, comment trouves-tu le cousin de Caro ? Il est mignon, non ? Timide, introverti, intellectuel jusqu'à la moelle, mais attendrissant.

– Ah bon ? Je n'avais pas remarqué.

– Caro prétend que c'est une bête en littérature ! Ce jeune homme a tout lu, et sait réciter des pages entières de Chateaubriand.

– Il est fou ! Chateaubriand ! Mais c'est illisible !

– Romantique, il est. Moi, j'aime les garçons romantiques.

– Ne serais-tu pas tombée sous son charme romantique ? Vous vous êtes vus plusieurs fois cet été, dixit Caro, non ?

– Je te rassure tout de suite : pour lui, je suis transparente.

Elle avale son second ice-tea. Je devrais dire deuxième car elle est déjà en train de héler le garçon pour en commander un troisième.

J'en profite pour penser à Charles. Je ne veux pas l'oublier. Il me plaît terriblement. Il écrit des lettres torrides qui me transpercent. Je ne me lasse pas de les lire. Je les aime tellement que parfois j'y crois pour de bon ! Je deviens folle sans doute…

— Mais c'est Tristan !

Ophélie se lève d'un bond et se précipite sur un joggeur en short hideux et mollets poilus qui, à cause de son baladeur vissé sur les oreilles, ne semble pas l'entendre.

Elle revient, se rassied, attaque son troisième ice-tea.

— Je devrais courir avec lui, mais j'ai horreur de ça !

— En tout cas, lui il est scotché au sol, on dirait un phobique de l'eau, vissé sur la terre, rien de commun avec une aquatique de ton espèce ! Mais que fais-tu donc avec lui ?

— On s'embrasse, rétorque-t-elle pendant que je rougis comme une gamine, et là il est champion, tu peux me croire. Je n'ai jamais rencontré un garçon qui embrasse avec tant de…

Elle cherche ses mots.

— De douceur, de fermeté, de grâce, de désir quoi… je sens que je vais bientôt succomber plus avant…

— Ah oui ?

— Enfin je n'en sais rien ! Je me pose des questions… et en même temps je n'ai pas envie que ce soit lui… Mais si j'attends le grand amour idéal, la passion dévorante qui se transforme en grand amour, je risque de poireauter toute ma vie !

J'avoue que ce n'est pas une perspective très alléchante.

— On rentre ? J'ai promis à mes parents de passer une soirée en leur compagnie, et demain c'est la rentrée…

— Ah je suis content que tu sois là, ma chérie, ça m'aurait embêté de devoir te prévenir par téléphone…

— Me prévenir de quoi ? Que tu as des virus à examiner jusqu'à point d'heure et que tu vas repartir sitôt le dîner avalé ?

Il a ri. A passé une main sur ses cheveux coupés de frais.

Il a changé de coupe. Ça lui va bien, j'avoue. Mais il ne m'a pas demandé mon avis. Comme pour le parfum.

— Non, ce soir, je sors ! Je dîne en ville avec un vieux copain que j'ai rencontré cet été et…

— Bon, je vais prendre une douche et j'arrive…

Il m'a retenue par le bras :

– Je sors seul, Ninon.

Il a dû lire l'épouvante dans mes yeux car il a repris, doucement :

– On a des choses à se dire, des trucs entre hommes, ça te barberait…

Je me suis dégagée plutôt violemment.

– Je comprends, lui ai-je asséné d'un ton froid, je ne veux pas vous déranger, je dînerai sans toi.

Je ne lui ai pas laissé le temps de répondre. J'ai filé vers mon antre, ma tanière, mon refuge.

Babouf est là, luisant dans la lumière du soir. Je m'affale sur la chaise dactylo.

Reprendre ses esprits, d'abord. Se calmer, dirait Caro qui est la reine du zen.

Je récapitule les événements :

Mon père en pleine crise d'indépendance.

Mon père qui change de look : parfum, coupe de cheveux.

Mon père qui soudain retrouve un vieux copain.

Lui qui ne sort jamais, sauf pour aller à son labo.

La sonnerie du téléphone a du bon, parfois :

elle permet de m'extraire de mes amères constatations et d'oublier que mon père a commencé une vie où peut-être je n'ai pas de place.

C'est Caro, affolée. La reine du zen est en train de perdre son calme olympien.

– Ma mère n'est pas rentrée ! Je crains le pire, un accident, un malaise…

– S'il était arrivé quelque chose, on t'aurait prévenue…

J'entends son souffle rauque au bout du fil. Elle a pleuré. Elle va pleurer.

– J'appelle mon père pour savoir s'il l'a vue quitter le labo, et je te rappelle.

Mon père est en pleine pizza ou choucroute avec son camarade de régiment ou de lycée et moi je vais devoir interrompre leur passionnante discussion.

Au fond, ça ne me déplaît pas.

Mon père décroche tout de suite.

– Ninon, que se passe-t-il ?

Il paraît angoissé. Bien, bien.

– C'est la mère de Caro, elle n'est pas rentrée…

Il me conseille d'exhorter Caro à la patience :

– Elle ne va pas tarder, j'en suis sûr ! Écoute,

chérinette, tu me laisses dîner en paix et je m'oc-cuperai de ça en rentrant, tu veux bien ?

J'entends des rires à l'autre bout du fil.

Caro répond tout de suite, sans doute est-elle campée près du téléphone.

– Ma mère vient de m'appeler ! Elle va super bien, elle m'annonce qu'elle est en train de faire la fête avec je ne sais qui, je n'ai rien compris à son délire. Je lui ai donné la permission de minuit.

Par contre, reprend-elle, Antonin est là, je l'avais appelé en larmes, il a accouru, et je me suis rendu compte avec horreur que le frigo est quasi vide…

J'ai compris.

Ils arrivent.

Je n'ai plus qu'à consulter le congélateur.

Crêpes, pizzas, tartes flambées, moussaka. J'opte pour le moins pire. Ce sera crêpes aux champignons. Elles seront moins bonnes que celles que j'ai dégustées en compagnie de Charles et dont il me parle dans sa dernière lettre.

Folle Ninon. Folle à lier.

Charles, c'est TA créature. Tu l'as inventé de

toutes pièces. Et on ne peut pas manger face à un être virtuel.

— Si je comprends bien, récapitulé-je en découpant ma crêpe à moitié carbonisée – j'ai complètement oublié de vérifier la température du four – ta mère t'a fait faux bond, elle qui n'est jamais sortie seule… c'est comme moi… mon père s'est découvert une vocation pour l'amitié…

Je devine les yeux d'Antonin sur moi. Ils sourient. Ils pétillent devrais-je dire.

— Vous ne pouvez pas un peu les lâcher, vos parents ?

C'est Antonin. Il peut parler, lui qui refuse de déjeuner avec deux filles pour pouvoir rejoindre sa mère !

— Tu voudrais que je lâche ma mère ?

— Ta mère, c'est ta mère, une personne à part entière, et toi tu en es une autre…

— Et pour moi, qu'est-ce que voit l'oracle ?

J'essaie de rire, mais en fait j'appréhende sa réponse qui arrive, aussi nette qu'un coup de scalpel :

— Toi aussi tu devrais couper le cordon ombilical avec ton père.

Je m'étrangle.

– Et toi tu devrais arrêter de jouer au psy, mon cher ! D'abord t'es trop jeune et tu n'as de leçons à donner à personne ! À moins que tu ne sois parfait ?

– Quel horreur ! Non, Ninon, je suis loin d'être parfait, heureusement, mais j'ai des yeux pour voir, et comme je ne parle pas beaucoup, en général, j'écoute…

Il m'agace. Mon père et moi, c'est mon histoire.

– On a de drôles de parents ! reprend Caro.

– Les miens, ça va merci.

Évidemment, le psychologue de service frappe encore. Caro soupire :

– Oui, heureusement j'ai leur exemple sous les yeux… c'est vrai qu'ils ont l'air de s'en sortir pas mal.

La mère d'Antonin est commissaire de police et son père auteur de polars.

– Et toi dans tout ça ? je demande, tu fais quoi ?

Il avale sa dernière bouchée de crêpe avec stoïcisme.

– Moi ? Je me contente de vivre ma vie sans

m'occuper de la leur, qui est leur problème, pas le mien.

Et toc. Qu'est-ce que j'attendais ? Qu'il me dise qu'il tartine les biscottes de sa mère le matin ? Heureusement ensuite, on parle de choses et d'autres. De l'anodin. Je préfère ça.

Sur le pas de la porte, je souffle à Antonin :

– Dis donc pour quelqu'un qui passe sa vie à écouter, tu parles beaucoup…

– Tu fais erreur, Ninon, je ne parle pas beaucoup, je TE parle beaucoup.

Et sur ce, il s'engouffre dans le hall de l'immeuble et je les regarde dévaler les escaliers.

Demain, rentrée pour tout le monde. Juste au moment où je commençais à me sentir vraiment en vacances.

Chapitre 5
Coup de foudre

Je marche.

Ce matin est une première. Mon père a pris son café seul. Sans me harceler pour que je vienne lui tenir compagnie. Se rappelle-t-il soudain que j'ai horreur de m'asseoir en face de quelqu'un les matins où je me rends en cours, que j'ai besoin de temps pour me retrouver, pour accepter la journée qui commence ?

Je me sens légère, l'estomac vide, j'ai l'impression de penser mieux. J'en ai besoin. Hier soir, après le départ des deux autres, je n'avais pas l'esprit clair. Et cela ne provenait pas uniquement du cidre que j'avais bu. Antonin m'agace. Et Caro qui le regarde comme si c'était Freud en personne ! Elle ne le

44

regarde pas, elle le consulte !

– Oh excusez-moi !

– Tout le plaisir est pour moi, rétorque la voix du type que je viens de heurter. Une voix très douce. Qui entre en moi, chaude, enjôleuse.

– Mais vous êtes Ninon, l'amie d'Ophélie, ou je me trompe ?

Non, reprend-il aussitôt, je ne me trompe pas, il n'y a pas deux regards comme le vôtre… un regard de cerises noires juteuses…

Je suis sous le charme. La voix me pénètre jusqu'aux os. J'en frissonne. Il s'exclame :

– Mais tu as froid !

Et, sans me demander mon avis, il pose sur mon chemisier sa veste en jean.

Il ne ressemble en rien au Tristan que j'ai aperçu hier, au joggeur couvert de sueur.

Il est simplement beau, élégant, et d'un charme fou. Comment se fait-il que je n'aie pas repéré hier ses yeux violets, son visage de statue grecque, son corps de champion ? Étais-je aveugle ?

Tu pensais à Charles. Les garçons de chair et de sang ne font pas le poids devant les créatures virtuelles.

J'en deviens muette. Il paraît que c'est comme ça quand on a le coup de foudre. On devient désespérément idiote. À la limite de la débilité.

Heureusement il parle. Je l'écoute, sous le charme. C'est une voix qui éclipse, annule, anéantit toutes les voix que j'ai entendues jusqu'à ce jour. Je me baigne dans sa voix comme dans une mer bienfaisante, peuplée de poissons multicolores, limpide et transparente. Sa voix est un coquillage oublié au soleil, chaud, et tendre.

– On fait le reste du chemin ensemble ?

Déjà, la cathédrale se profile devant nous. Bientôt, dans une seconde, je vais devoir le quitter. Le rendre à Ophélie.

J'ai mal.

Si la cathédrale s'écroulait à nos pieds, nous n'atteindrions jamais le lycée.

Je vois Ophélie.

Elle attend.

Je le regarde une dernière fois avant de le lui rendre. J'écoute la voix de mon amour qui prononce :

– J'espère qu'on aura à nouveau l'occasion de faire le chemin ensemble, en tout cas c'était sympa, tu peux encore me rentrer dedans, je ne dirai rien.

Ophélie s'avance vers nous. J'ai envie de reculer, de me retourner, de fuir.

Je reste.

– Eh bien on dirait que vous avez fait connaissance…

Et elle se hâte d'entraîner son bien-aimé dans un coin. Sans doute pour l'embrasser. Pour se laisser embrasser. Par celui qui est si doué. « Le plus doué » avait-elle dit. Et maintenant je la crois.

Mais je ne vérifierai pas.

Et pourtant, moi aussi j'ai besoin d'amour. Au moins autant qu'Ophélie et que n'importe qui.

– Eh dis donc, Ninon, tu en fais une tête !

La voix de Caro. Flanquée d'Antonin.

Il ne dit rien.

– J'ai un de ces mal de crâne ! J'ai l'impression que ma tête va exploser.

Ce qui est rigoureusement exact. Le coup de foudre donne la migraine. Je constate.

– Tu veux un cachet d'aspirine ? J'en ai toujours sur moi.

Je prends.

* * *

— Tu viens à la piscine avec nous mercredi ? s'enquiert Ophélie, flanquée évidemment de son grand amour.

Je réponds par la négative. Elle insiste. Je persiste dans mon refus. Elle devrait me remercier pour ma bonté mais elle se fâche :

— Je ne te comprends pas, Ninon, tu aimes nager, et on y allait tout le temps avant les vacances...

Oui, mais avant, c'était avant. Avant Tristan. Rien ne sera plus comme avant.

— Tristan, s'il te plaît, essaie de convaincre Ninon de venir demain à la piscine avec nous !

Il me sourit. Il a un sourire qui cadre avec le reste. Lui, c'est l'harmonie à l'état pur, sans ambiguïté. Ça frapperait un aveugle. Ça redonnerait ses jambes à un paralytique. Et surtout, sa voix rendrait l'ouïe à un sourd.

— Mais oui, viens avec nous ! Ça nous fera plaisir.

Je peux résister à tout sauf à une voix.

À sa voix.

Je fais un mouvement de la tête qui peut passer pour un oui. Ophélie triomphe :

– Tu verras, tu ne le regretteras pas !

Elle est folle.

Moi aussi.

Ils rient à présent, à quelques centimètres de moi. Je suis à quelques centimètres de l'inaccessible.

Au secours Charles ! Dis-moi tes mots d'amour qui me plaisent tant, qui me font tant de bien ! Ne me laisse pas seule avec eux ! Malgré mes bonnes résolutions, on ne sait jamais, je ne suis qu'une humaine, faillible, fragile, légère. Aide-moi à me défendre contre moi-même !

La cloche sonne. Fin du cauchemar. Tristan se retrouve avec Ophélie, en première S. Je suis ravie d'être en L.

Loin de lui.

– Nous allons nous préparer à l'examen de fin d'année, je vous rappelle que ces notes comptent pour le bac.

Ça commence bien. Notre prof de lettres est une vieille dame ou plutôt demoiselle, ridée comme une pomme, petite et bouclée à la façon d'un caniche. Un objet tout à fait anachronique. Si elle rit, sa peau craque et elle se répand sur le plancher.

Elle parle. Sa voix est plus sympa que son physique et j'écoute avec délice. Elle parle de littérature, des auteurs que nous allons étudier. Elle précise :

— Nous allons lire. Lire et encore lire. Vous êtes là pour lire. Et pas que les auteurs classiques du programme, Rousseau, Voltaire et les autres. Nous tâcherons de ne pas oublier les contemporains. Les vivants valent autant que les morts.

À la fin de l'heure elle conclut :

— Nous ne ferons pas que lire.

Murmures dans la salle.

— Nous allons aussi écrire.

Murmures plus appuyés.

— Oui, vous n'avez peut-être pas l'habitude, mais vous verrez, il n'y a que le premier mot qui coûte…

* * *

Un concours d'écriture.

Je sors de classe en me demandant si je vais participer. Tous les élèves de seconde et première sont concernés. Deux pages recto sur ordinateur. Le thème est séduisant : lettre d'amour. Les délais sont suffisants : les textes doivent être remis avant le début des vacances de Noël.

— On a tout à y gagner, affirme Caro en marchant vers la grille.

— Ça veut dire que tu participes ?

Elle s'arrête :

— Non, sans moi, merci, le but est louable mais…

— Alors ? Demande Antonin.

— C'est le thème ! Une lettre d'amour ! Rien de plus banal. Du sentimentalo-débile, fleur bleue et coup de foudre ? Des bêlements sur papier qui vont se faire pâmer d'émotion toutes les minettes et bonnes femmes frustrées en quête de sensations roses ? Non merci !

— T'y vas fort, Caro ! s'exclame Antonin qui nous suit. (Aurait-il l'intention de déjeuner avec nous à la pause ?). Ce n'est tout de même pas un crime d'aimer, et encore moins de l'écrire.

– Vous faites ce que vous voulez, moi je ne me compromets pas ! Au fait, où sont les deux amoureux ?

– Ils déjeunent ensemble à la sandwicherie, Ophélie m'a demandé de ne pas les attendre.

C'est archi-faux, mais ils me croient.

Antonin nous suit toujours. Et Caro a l'air de trouver ça normal. Évidemment, c'est son cousin. Comme elle n'a pas de frère, elle se rabat sur lui. Ma vie va être géniale cette année : Ophélie et Tristan, Caro et Antonin, mon père et ses microbes.

Ce panini a un goût de jambon sans goût.

– Et toi tu participes au concours ?

Antonin déglutit avant de répondre :

– Évidemment ! Je n'ai pas peur de l'amour, moi.

– T'as déjà écrit ? s'enquiert Caro qui le dévore des yeux.

– Jamais, mais il faut un début à tout, et c'est une aventure passionnante que je ne louperais pour rien au monde ! Pour une fois que l'Éducation nationale nous propose de sortir du moule, un truc hors programme, et pas noté, en plus, je

52

ne vais pas me priver !

Voilà qui est clair, net, et sans bavures. Il sait ce qu'il veut. Il n'a pas peur de foncer. Au risque de se ramasser.

— Et si t'es pas sélectionné ?

Il rit.

— Je ne pars pas avec l'idée de perdre ! Si ça arrive, j'aviserai, mais je ne me jetterai pas dans le canal !

— T'es un monstre d'équilibre, mon vieux !

Il me scrute de derrière ses verres comme s'il voulait me transpercer. Qu'il essaie donc ! Il aura du mal, j'ai une carapace assez dure.

— Ou plutôt non, t'es une sorte d'Indien Jivaro… Tu sais ce que c'est ?

— Vous ne pouvez pas arrêter un peu votre duel ? Je voudrais bouffer tranquille ! m'interrompt Caroline.

— Les Indiens Jivaro, les réducteurs de tête, c'est ça ? Tu trouves que je leur ressemble ?

— Vachement ! Si tu pouvais, tu m'ouvrirais le crâne et tu débiterais ma cervelle sur la table pour l'inspecter dans ses moindres recoins…

— Pitié, s'interpose à nouveau Caro, je mange,

moi !

Antonin rit doucement. Il m'agace. Et en même temps je le trouve sensé. Ce qu'il dit a un sens. Et je le comprends au quart de tour. Presque aussi vite qu'il parle. Comme si les mots qui sortent de sa gorge atterrissaient directement dans ma tête. On est sur la même longueur d'onde.

– Mercredi, je vais au musée d'Art moderne, il y a une expo impressionniste, qui vient ?

Caro décline l'invitation. Moi, j'ai promis à Ophélie de les accompagner à la piscine.

– Eh bien j'irai seul ! conclut Antonin, mais vous ne savez pas ce que vous loupez, les filles ! Il y aura des Renoir, des Manet et je crois un Caillebotte. Bref, le pied intégral.

Et moi, pendant ce temps, je regarderai les deux amoureux faire trempette les yeux dans les yeux. Ils riront, se bécoteront, et moi je ferai la voyeuse. Mon rôle à présent : regarder le bonheur des autres.

Chapitre 6
Famille décomposée

Ophélie sur le plongeoir. Qu'elle est mince et longue dans son maillot bleu nuit ! Elle s'étire de tout son long, son corps dessine presque un arc de cercle au-dessus du bassin, elle plonge, avec grâce. Elle fend l'eau de ses bras minces et musclés, et en quelques secondes elle revient vers nous, et nous sourit :

– Alors comment vous avez trouvé ? Je nage comme une limace, non ?

– Comme une sirène, tu veux dire !

Tristan rit et soudain se jette à l'eau.

– Viens, me lance-t-il, elle est super bonne.

Ophélie renchérit. Je grelotte. Je me pelotonne dans ma serviette trop petite.

Je ferme les yeux. Ne plus les voir.

– Tu es toute bleue ! Tiens, prends mon drap de bain !

Il m'emmitoufle dans le coton épais, délicieusement chaud. J'ai l'impression d'être dans ses bras. J'entends sa voix :

– Tu as l'air d'une petite fille qui n'appartient à personne, avec tes yeux de cerises noires oubliées sur l'arbre…

Puis plus bas, très bas, il me semble :

– Il faudrait que quelqu'un vienne les cueillir, ces cerises, ce serait dommage de les laisser se perdre…

Va-t-il me dire qu'il souhaite se transformer en merle et venir me cueillir en haut de l'arbre ?

Il me drague. Ou je ne m'y connais pas.

La voix d'Ophélie à présent.

– Vous êtes vraiment deux gros paresseux. Bon, si tu préfères dormir, j'y retourne seule ! Tristan, tu peux me rejoindre quand tu veux !

– Ton maillot te va bien, du blanc sur la peau bronzée, ça flashe.

Je ne m'étais pas trompée. Il me drague. À deux pas d'Ophélie qui s'entraîne dans le bassin.

Je sens ses yeux sur ma peau, malgré le drap de bain qui me recouvre.

Réagis, ma vieille. Tu ne vas pas le laisser te séduire ? Et tes bonnes résolutions ? Et Ophélie ?

Trop tard. Il m'a déjà séduite, le mal est fait.

Le drap de bain tombe sur le carrelage, sans bruit. Un premier geste. Bouge, ma vieille Ninon, bouge ! Fuis ! Sinon le loup te croquera.

Encore un geste, je suis debout.

– Je vais prendre une douche et je rentre, j'ai des tonnes de choses à faire !

Sous le jet d'eau chaude, je rumine. Tristan me drague, et mon devoir est de l'écarter, d'établir une distance.

Ophélie, tu peux compter sur moi. Je ne te décevrai pas. Ce sera dur, mais je tiendrai. Je m'agripperai à Charles de toutes mes forces, il me sauvera de toutes les tentations. Il me comprend si bien, mon Charles !

Normal, c'est moi qui l'ai programmé.

J'aimerais déprogrammer Tristan-Ophélie. Que ça donne : Ninon-Tristan. Ophélie ne se souviendrait même plus qu'elle est sortie avec lui.

Pourquoi est-ce qu'on ne peut pas créer la vie ?

* * *

– Ninon !

Je m'arrête, la voix continue d'appeler :

– Ninon ! Je suis là…

Je finis par repérer Antonin sur la terrasse du *Marronnier*. Il est seul devant son panaché.

– Viens, je t'offre un pot ! C'est mon jour de bonté, ajoute-t-il en poussant une chaise vers moi.

– Ça tombe bien, je meurs de soif ! La piscine, ça m'a desséchée.

J'avale le coca d'une traite. Il rit.

– Tu en avais besoin !

Il ne croit pas si bien dire. Tristan m'a assoiffée. Je me sens capable de boire la terre jusqu'à la dernière goutte.

– Je fête mon installation à Strasbourg samedi prochain, j'ai pensé que ce serait sympa que tu viennes… Il y aura Caro bien sûr, Ophélie et Tristan, toi si tu veux bien, et Jonas…

– Jonas Ulm ?

Il acquiesce, je grimace :

– Le joueur de golf ? Mais c'est pas un être

vivant, c'est une caricature !

– Ce n'est pas l'opinion de Caro !

Je récapitule dans ma tête, très vite, comme un devoir de maths, Ophélie et Tristan, Jonas et Caro (j'ai compris, je ne suis pas idiote) moi et… Il y a quelque chose qui cloche…

– Parce que Caro s'intéresse aux mecs maintenant ? C'est nouveau !

– Ça date d'hier. Je t'offre le scoop. Hier soir, elle est venue chez moi, sa mère était encore de sortie avec je ne sais quelle copine, et Caro a dîné à la maison. C'est là qu'elle a rencontré Jonas, qui est mon voisin. Ils se connaissaient déjà de vue, puisqu'apparemment à Strasbourg tout le monde se connaît, mais là ils ont sympathisé…

– Elle déteste les garçons !

– Ce n'est pas si simple ! Elle a une dent contre son père, du coup tous les hommes morflent…

Il m'agace. Il a raison.

– En tout cas, quand je lui ai annoncé que j'avais invité Jonas, j'ai cru qu'elle allait me sauter au cou.

Dans cette histoire, ils seront tous heureux, sauf moi.

Je me lève :

– Sans moi. Merci pour l'invitation, c'est sympa mais je suis prise samedi prochain, mon père fête son anniversaire, je ne peux pas me défiler.

Il prononce d'une drôle de voix :

– Tu fais comme tu peux ! Ou comme tu veux !

Je m'empresse de filer sur un salut plutôt bref.

Je ne lui reproche rien.

Si : de n'être ni Charles, ni Tristan.

C'est-à-dire personne.

* * *

Mon père hésite. Il écrase sa purée dans son assiette. Repose sa fourchette. Me regarde dans les yeux.

– Je dois te dire quelque chose…

– Je t'écoute.

Il me sourit, commence :

– Tu sais combien je t'aime et combien j'ai aimé ces années que nous avons passées tous les deux ensemble, tout près l'un de l'autre…

À quel jeu joue-t-il ? Je me sens troublée.

Comme si je voyais un ver se profiler dans un fruit tout beau.

— Maintenant, il y a Isabelle.

— Isabelle ?

Le ver commence à ronger le fruit.

— Isabelle est ma... comment dire ? Copine. Future compagne, si tu préfères.

Je ne préfère rien du tout, ni copine, ni compagne.

— Mais...

J'en bégaie, avale de travers, il me tend mon verre d'eau :

— Allez reprends ton souffle !

Je bois. Je bois jusqu'à la lie. Il continue de sa voix douce et paisible :

— Tu sais, je n'ai que quarante ans et encore quelques années devant moi, je veux refonder une famille.

De mieux en mieux, et moi je vais torcher ses mômes, faire du baby-sitting pendant qu'il ira dîner aux chandelles avec sa bien-aimée.

— Qu'en dis-tu, ma chérie ?

Je n'en dis rien. Strictement rien. Je digère ce qu'il vient de me faire ingurgiter, de force.

– Alors ? insiste-t-il en me fixant d'un air presque humble.

Il attend mon accord. Ma bénédiction.

– Et moi ?

Il me prend la main, la serre doucement.

– Toi, eh bien ça ne change rien entre nous… tu seras toujours ma fille, ma première fille.

J'ai compris. Isabelle veut des gosses, comme toutes les femmes.

Le problème, c'est que je ne l'avais pas prévue au programme, cette Isabelle.

– Tu devrais aller à cette soirée samedi soir chez le cousin de Caro, ça te changerait les idées, tu serais avec des jeunes de ton âge…

– Comme ça pendant ce temps tu pourras aller chez ton Isabelle ou l'inviter à dîner dans une auberge de charme ?

– Mais oui, c'est de mon âge ! Samedi, nous allons dîner ensemble, en tête à tête, et dimanche nous sommes invités chez elle tous les deux….

– Chez qui ?

Il répète, patient :

– Isabelle nous attend chez elle. Elle t'aime déjà beaucoup…

– Elle m'aime beaucoup ? Mais elle ne me connaît pas ! Comment peut-on aimer quelqu'un qu'on ne connaît pas ?

– Je lui ai parlé de toi, et elle n'a pas de fille, alors…

Je l'interromps.

– Parce que non seulement tu as une copine mais en plus tu veux encore me donner une mère ? Merci, la mienne me suffit. À plus !

Et je cours vers Charles le fidèle.

* * *

– Ophélie vient d'appeler, m'annonce mon père. Mais tu es trempée, ma pauvre chérie, voilà ce que c'est que de ne jamais emporter de parapluie !

Il s'empresse de chercher une serviette. Il me frictionne. Je pleurniche comme une gamine. Je voudrais avoir un an, être en couches-culottes, et me laisser dorloter. Grandir, ça ne me vaut rien.

– Ma petite fille, je sais que c'est dur pour toi ! Mais ça va s'arranger, tu verras, tu vas sympathiser avec Isabelle, elle est adorable…

Je voudrais le croire. Mais je ne crois plus en personne. Tristan qui me drague, maintenant mon père qui en aime une autre, ça fait beaucoup en peu de temps.

Il soupire :

– Bon, tu n'as pas envie d'en parler… Allez va téléphoner à ta copine ! Elle a dit que c'était urgent…

Je m'enferme dans ma chambre avec le téléphone.

– T'es pas sympa de nous avoir laissé tomber mercredi à la piscine, comme ça, sans même prévenir… Nous on sort de l'eau et toi pfuiiit, envolée !

J'ai envie de lui dire que je me trouvais en état de légitime défense : si j'étais restée, je serais tombée dans les bras de son jules.

Je bafouille que j'avais un mal de tête à couper au couteau. Elle embraye :

– Je préfère quand tu es avec nous. Quand je suis seule, hormis les moments où on s'embrasse, je m'ennuie… et comme on ne peut pas être tout le temps à s'embrasser… et puis, tu me manques, on dirait que tu me fuis. Tu es jalouse ? ajoute-t-

64

elle doucement.

– Évidemment ! Je n'ai personne, moi, si t'as remarqué…

Elle rit :

– Ça ne tient qu'à toi… tu n'as pas vu qu'Antonin t'observe de derrière ses lunettes ? Il a l'air de te trouver à son goût… En tout cas, il tire une de ces têtes depuis qu'il sait que tu ne viens pas à sa fête… Je me demande même s'il ne va pas l'annuler… À croire qu'il ne l'a organisée rien que pour ta pomme…

– C'est son problème. Moi, j'en ai assez avec les miens…

– Tu veux parler de ton père et de sa dulcinée ? Caro m'en a soufflé un mot… Mais c'est pas un problème ça, je parie qu'elle est adorable…

C'est fou comme les drames des uns sont terriblement banals pour les autres.

– Bon, sur ces pensées profondes, ma chère Ophélie, tu m'excuseras mais j'ai encore une tonne de choses à penser…

Je raccroche.

Tout ce que j'ai appris, c'est qu'elle s'ennuie avec son Tristan. L'aquatique et le rase-bitume n'ont rien à se dire. Alors, ils s'embrassent.

Tristan et moi, qu'aurions-nous à nous dire ?

Je n'en sais rien. Je n'aime ni le foot ni le jogging. J'aime sa voix. À en mourir. Je tombe littéralement en pâmoison quand il me parle.

C'est simple : je voudrais qu'il m'aime. Mais qu'il ne soit pas Tristan. Qu'il soit un autre, avec cette voix-là.

Je veux l'impossible.

* * *

Dimanche.

– Tu es prête ?

Je le suis. Il peut m'emmener à l'abattoir. Chez Isamoche. Qui deviendra ma moche-mère.

Je m'assieds dans la Safrane, à ses côtés, pour la dernière fois sans doute.

Je grimpe les marches qui conduisent à l'enfer. Immeuble de pierre, escalier de chêne, odeur de bois.

Une porte s'ouvre. Polie tu seras, me dis-je *in petto* en dardant mes prunelles banales sur les larges yeux azur d'Isamoche.

66

Qui est plutôt moins laide que je ne l'espérais. La quarantaine séduisante et racée. Ongles vernis, ombre à paupières mauve, fond de teint léger, brillant à lèvres.

— Alexandre a appelé tout à l'heure de Brest et...

Alexandre c'est le fils. Unique. Un fort en maths qui fait Navale. Qui sortira sans doute major de sa promo, avec deux barrettes sur son bel uniforme blanc d'officier de la marine française.

Nous passons à table, nappe rose, couverts en argent, porcelaine fine, l'harmonie. Je m'ennuie. L'intérieur est cosy à souhait avec son canapé en rotin, ses poufs de cuir blanc, et ses meubles Louis-Philippe. Pourquoi ne suis-je pas allée à la soirée d'Antonin hier soir ? Je pourrais prétexter la fatigue, et m'éclipser.

— Tu veux rentrer ? me propose mon père une fois le dessert entamé, ce n'est pas loin, vingt minutes à pied...

À l'air libre, je réalise ma gaffe : mon père a soufflé les quarante bougies et après... il n'a ouvert aucun paquet.

J'ai oublié sur mon bureau celui que j'avais préparé.

La première fois que ça m'arrive.

Aujourd'hui Isabelle a rompu le charme. Cassé nos habitudes de couple. Elle a pris ma place.

Chapitre 7
La fille aveugle

– Ninon, attends-moi !

C'est Antonin.

– Tu sais, samedi soir, tu m'as manqué… Tristan nous a lâchés à la dernière minute… je crois qu'ils se sont disputés, Ophélie et lui. Ophélie pleurait…

– Et toi tu as joué au psy ?

Il fait la moue :

– Je commence à en avoir marre, de cette étiquette ! D'ailleurs c'est toi qui l'a collée sur mon front ! Tu veux pas la déscotcher ?

– Tu assumes ! D'ailleurs ça te va bien, je trouve.

– Personne n'a la psychologie infuse, ma chère !

Moi, je me contente de regarder, d'ailleurs ce que j'ai vu samedi soir t'aurait fait rire aussi ! Caro et son amoureux transi, tout joueur de golf qu'il est, et elle pas plus dégourdie que lui… À mourir de rire si ce n'était aussi pathétique. Je me demande comment ils vont faire pour se déclarer leur flamme naissante… Espérons qu'ils trouvent les mots ou les gestes avant qu'elle ne s'éteigne…

– Et Tristan et Ophélie, tu trouves comment ?
Il rit.

– Pour les deux amoureux ? Eh bien je ne donne pas cher de leur peau. Ils ne vont pas ensemble, c'est tout ce que je ressens. Une intuition. Mais je peux me tromper, et eux vieillir ensemble…

Le lycée n'est plus qu'à deux pas, j'aperçois déjà Ophélie en grande conversation avec Caro.

– Ce soir, après les cours, tu es libre ?

– Ouais mais…

– Je t'attends sur le parvis de la cathédrale, j'ai quelque chose à te montrer. À plus !

* * *

– Je te présente Agrippine et Céleste ! déclare Antonin en me désignant deux tortues qui s'ébattent dans un aquarium géant.

– C'est pour elles que tu m'as fait venir chez toi ?

Ses yeux pétillent.

– Tu n'as pas encore tout vu, ma chère ! Un peu de patience ! Tu veux boire quelque chose ? Un coca ? J'ai remarqué que tu adores ce breuvage infâme…

Nous buvons, moi assise sur une chaise dactylo et lui sur son lit.

– Dis donc, tu ne ressembles pas à ta cousine ! Sa chambre est un modèle de rangement et la tienne…

Il rit.

– Pourquoi ranger ? Je retrouve toujours tout… Bon, dis-moi, Ninon, qu'as-tu fait samedi soir quand tu m'as faussé compagnie ? J'espère que tu avais une raison sérieuse… Ah oui, tu m'avais parlé de l'anniversaire de ton père… ça s'est bien passé ?

– Tu parles ! Il est allé dîner avec son Isamoche et moi…

Je m'étrangle. Je ne peux pas lui dire que je suis

restée chez moi avec Babouf. Il ne comprendrait pas. Personne de normal ne peut comprendre qu'une fille de seize ans préfère son ordinateur à une soirée entre copains.

– Tu es restée chez toi ?

J'acquiesce d'un signe de tête lamentable. Je suis lamentable.

– Et alors ? Ça peut être bien, de rester seul…

– J'ai vu Isamoche, figure-toi, le dimanche, on était invités mon père et moi.

S'il a le culot de me dire que c'est génial, normal, et dans l'ordre des choses de la vie, je le plante là.

– Ça doit être difficile pour toi….

– Plus que ça, je hoquette, de plus en plus lamentable, j'en crève.

Il me prend la main.

Je me suis retrouvée assise à côté de lui sur le bord du lit. Je pleure, il parle doucement, je renifle, il me tend un mouchoir, je me mouche, il parle encore.

Je vais mieux.

Il a dit que :

C'est grave, mais pas désespéré.

L'amour de mon père pour Isabelle n'annule pas sa tendresse pour moi.

Il est temps que mon père pense un peu à sa vie.

– Tu ne crois pas ?

– Si, dis-je en fourrant son mouchoir dans ma poche, tu as raison mais n'empêche, je voudrais t'y voir !

– Évidemment, les drames des uns sont toujours terriblement banals pour les autres, c'est bien connu.

– Tes parents ça boume ?

Il hausse les épaules :

– Parfois, parfois moins, parfois pas du tout, ils sont du genre cycliques. Je laisse passer, parler, je ne tire plus de conclusions. Les amours de mes parents ne sont plus mon problème majeur depuis que…

Il se tait.

– Depuis que quoi ? Que tu as grandi ? Tu ne veux pas me donner la recette du détachement filial ?

Il rit.

– Viens ! Je vais t'expliquer.

Nous sortons dans le jardin, minuscule ; de l'autre côté du grillage on aperçoit l'Ill qui s'étire, boueuse, et charmeuse.

Une cabane.

Il pousse la porte.

Un atelier de peintre, avec un chevalet au milieu, des odeurs d'huiles et de térébenthine, et des toiles posées contre le mur en bois. Un lit de camp complète le tableau.

Il ôte le drap blanc posé sur la toile qui occupe le chevalet.

– Mais c'est moi !

Le cri du cœur.

– Ça prouve que c'est ressemblant ! Ça te plaît ?

Je bredouille oui, enfin je ne sais pas, pourquoi est-ce que tu m'as fait ce regard ?

Je me penche sur la toile :

– Elle n'a pas d'yeux ! Elle a un air aveugle !

– Et pourtant tu t'es reconnue… Je ne sais pas pourquoi je lui ai donné ce regard… Mais rassure-toi, ce n'est pas fini, c'en est même très loin. Viens poser, comme ça je trouverais plus facilement l'ovale de ton visage, la forme de tes yeux, le modelé de tes épaules. Pour te peindre, j'ai

74

besoin de te voir, tu comprends ?

J'hésite.

– Tu seras mon modèle, et je t'immortaliserai… enfin restons modestes : il y a de fortes chances que ces tableaux ne sortent jamais de cette cabane. Ce sera juste entre nous. Quand j'ai commencé à peindre, je ne pensais pas que ce serait toi qui apparaîtrais sous mon pinceau, mais j'ai dû me rendre à l'évidence. Alors, je continue à te chercher… tu veux bien m'aider ?

Je veux bien.

Je suis même plutôt flattée. Du coup, j'avale un deuxième coca. Me retrouver sur une toile… je n'y avais même jamais songé ! Comme quoi, la vie a plus d'imagination que moi.

– C'est grâce à la peinture que j'ai arrêté de me morfondre sur la relation de mes parents. L'art, Ninon, est un excellent dérivatif aux questions qui ne valent pas la peine d'être posées.

Il m'agace. Il a raison.

– Mais moi avec mon père, c'était autre chose… on se disputait jamais, on faisait plein de trucs ensemble, et puis cette bonne femme est venue tout gâcher…

Je ravale mon amertume avec une gorgée de coca.

– Tu sais ce que tu es en train de faire, Ninon ? Tu rabâches, tu rumines, tu te fais du mal et tu vas finir par ressembler à une petite vieille aigrie.

Je contemple le tableau inachevé en soupirant :

– Tu crois que c'est donné à tout le monde de créer ! Tout le monde ne peut pas être artiste ! Que veux-tu ! Je suis banale… je ne sais rien faire, à part lire, et encore je ne suis pas sûre de tout comprendre.

– Et l'amour ? demande-t-il soudain.

– Oh si tu crois que j'ai la tête à ça ! Les amours de mon père me suffisent pour l'instant !

Il n'insiste pas.

– Et toi ?

– Moi ? Pour l'instant ma seule copine c'est mon pinceau, mes huiles, ma toile… j'adore ! Je me sens bien devant mon chevalet. J'ai l'impression que la vie a un sens.

– Tu as de la chance !

J'achève mon coca. Il se lève.

– À demain ! Et n'oublie pas le concours ! Je suis sûr que tu es capable d'écrire une lettre d'amour.

Merveilleuse et inoubliable.

* * *

Samedi. Mon père a sorti la porcelaine fine et les verres en cristal ainsi que la nappe des jours de fête. Ce soir, c'est notre soirée, papa et moi tous les deux.

Mais quelque chose m'attire l'œil.

J'en ai le souffle coupé.

Trois assiettes !

Il a convié Isabelle aux réjouissances. Il veut me mettre devant le fait accompli.

Il est là, devant moi, souriant.

– Qu'as-tu, ma chérie ? Tu es toute pâle !

Je désigne l'objet de mon trouble.

– Je sais compter…

Il s'exclame :

– Oh Ninon ! Qu'ai-je fait ? Trois assiettes ! Je t'assure que c'est une erreur, je n'ai vraiment pas fait exprès… mais qu'as-tu imaginé ? Que j'avais invité Isabelle sans même t'en parler ?

– Tu veux me faire croire que nous serons seuls ce soir et tu mets trois couverts, avoue que c'est troublant !

Il me serre contre lui.

Je veux bien le croire. Il enlève l'assiette surnuméraire et la range dans l'armoire. Je me sens mieux.

Pas vraiment mieux. Cette assiette de trop signifie beaucoup. Et je sais décrypter les symboles.

Que ferait Antonin à ma place ?

Je sais très bien ce qu'il ferait. Mais je ne suis pas Antonin.

Je le fais quand même.

* * *

La tête de papa quand il a vu Isabelle et Alexandre dans le hall ! Il était si ému qu'il en avait la voix tout enrouée.

Tout se passait bien, gratin dauphinois doré à merveille, viande tendre et sauce onctueuse, quand brusquement la sonnette de la porte d'entrée nous a fait sursauter.

— À 10 heures du soir ! Qui ça peut bien être ? a murmuré papa.

C'était Ophélie. En larmes. Le visage décomposé. Les cheveux en bataille. La tête en charpie.

– Mes parents… a-t-elle sangloté.

Nous avons attendu qu'elle retrouve l'usage de la parole. Papa lui a servi un verre de champagne qu'elle a avalé d'un trait comme si c'était de la limonade.

– Mes parents divorcent, mon père a une copine…

Moi qui croyais (espérais peut-être serait plus juste) que son chagrin avait un rapport avec Tristan !

Isabelle a risqué :

– Tu auras deux familles…

– Oui, renchérit Alexandre, je suis bien placé pour le savoir, j'avais dix ans quand c'est arrivé, j'ai même trouvé des avantages à la situation… a-t-il achevé avec un sourire de connivence pour sa mère.

Ophélie a fini par accepter un bout de fromage suivi d'un morceau de charlotte au chocolat.

Après le café, Alexandre lui a proposé de la ramener. Elle a accepté. Ils sont partis tous les deux, presque main dans la main, enfin dans mon imagination. J'ai pensé qu'ils allaient bien ensemble, une fendant l'eau, et l'autre naviguant sur l'onde amère. Deux aquatiques en quelque sorte. D'ailleurs, j'ai remarqué que malgré sa tête défaite et ses yeux gonflés, il la trouvait séduisante. Bon début. Lorsqu'il la verra en maillot de bain, il tombera à l'eau.

– Merci ma chérie, m'a dit mon père une fois seuls tous les deux, tu m'as fait un super cadeau d'anniversaire, je n'aurais pas rêvé mieux !

Je me suis endormie en me disant qu'Antonin aurait été fier de moi.

Je laisse à mon père la liberté de vivre sa vie.

Il ne me reste plus qu'à vivre la mienne.

Mais laquelle ? Avec Charles ? La vie virtuelle devant l'écran ?

Ou avec Tristan ? Le traquer ? Me laisser draguer ? Tomber dans ses bras ? Lui demander de choisir ?

Non.

Je n'aime pas Tristan.

Je n'aime pas Charles.

J'aime qui alors ?

Une main sur mon épaule. Je pense Antonin. C'est Tristan.

– Alors ta lettre d'amour, ça avance ?

Il a un drôle de regard, 7 h 40, à deux pas de la cathédrale, le même endroit que la première fois. Dois-je en déduire qu'il me guette à l'abri des portes cochères ? Pour me dire quoi ? Que je suis la femme de sa vie ?

– Bof, j'en ai pondu plusieurs, mais aucune ne me plaît !

– Laisse tomber ! De toute façon, ça te servira à quoi ? L'orgueil de voir ton nom sur du papier ? Non franchement c'est un effort qui ne vaut pas le coup.

– Tous les efforts valent le coup, mon vieux ! Et en plus c'est un plaisir ! Mais tu ne peux pas comprendre, toi, la littérature, les mots ça te passe par-dessus la tête…

– Oui, c'est vrai ! répond-il en balançant son sac par-dessus son épaule, les maths au moins, c'est efficace, on peut démontrer.

– Avec les mots on peut montrer, je rétorque.

– Ne fais pas la chatte en furie qui défend ses petits ! Encore que ça te va bien de te mettre en colère… tu es irrésistible.

Il ralentit le pas. Malgré moi, je l'imite. Je suis folle. J'aime sa voix qui raconte n'importe quoi. J'aime sa voix qui dit le contraire de ce que je pense. Le contraire de ce que j'aime. Mais j'aime. Je n'y peux rien. Je subis.

Je rassemble mes esprits, ou ce qu'il en reste – tout me semble dispersé comme après un cyclone –, et lance :

– Et Ophélie, tu la trouves irrésistible ?

– Moins que toi.

Voilà, c'est dit. Il continue, la voix creuse des sillons flamboyants dans ma poitrine, descend dans mon ventre.

– Je suis tombé dingue de toi dès que je t'ai vu à l'Orangerie, tu buvais un coca, moi je courais, j'ai tout de suite aimé ton profil…

– Mon profil ?

– L'ovale de ton visage, si tu préfères. Je l'ai trouvé élégant.

Élégant. Ce n'est pas comme ça que je qualifierais mon visage. Mais sa voix me ferait gober n'importe quoi.

– À côté de toi, la pauvre Ophélie avait l'air d'une blondasse vulgaire.

– Mais c'est d'elle que tu es amoureux, je te précise…

– Plus maintenant, mais je ne sais pas comment lui annoncer la nouvelle…

– Tu veux peut-être que je t'aide ?

Il s'arrête, me dévisage, prend ma main, je laisse faire :

– Tu ferais ça pour moi, Ninon ?

Il est fou. Je m'adosse contre les pierres froides de la cathédrale. Il me demande d'expliquer à ma meilleure amie que son amoureux est amoureux de moi, en résumé.

Je jette dans un ultime effort de volonté :

– Je ne le ferai pas ! Tu es assez grand pour te débrouiller tout seul ! Et ne compte pas non plus sur moi pour ramasser les miettes.

– Ça veut dire que toi et moi, tu ne verrais pas ça d'un bon œil ? Je pensais que c'était une bonne combinaison pourtant. Ah il y a quelqu'un d'autre sur les rangs, je présume… laisse-moi chercher…

Qu'il cherche, mais seul.

Je m'extrais de sa voix comme d'un songe dont on ne sait s'il est bienfaisant ou mortel.

Je me serre contre le grillage. Tristan amoureux de moi. Et moi amoureuse de sa voix. Ça rime. Mais ça n'a pas de sens. Comment pourrais-je devenir la petite amie d'un mec aussi superficiel ? D'un type qui drague la meilleure amie de sa copine ? Et qui, en plus, trouve ça tout à fait normal. Un culot monstre. Un monstre tout court. Heureusement il est parti !

Sur ce, voici Ophélie qui avance vers moi. Elle jette lourdement son sac sur le sol.

– Il m'énerve, m'annonce-t-elle sans préambule, je ne sais pas ce qu'il a, mais il fait la gueule, et quand je lui pose des questions il esquive, prétend que tout baigne… Je ne sais plus quoi penser.

Moi, j'ai compris : Tristan a adopté la tactique qui consiste à ne pas larguer mais à être largué. Il doit trouver ça plus confortable. Le lâche.

L'été est revenu, ce climat me rendra chèvre. J'ai ressorti mes tee-shirts et rangé ma doudoune. Aujourd'hui je pose, enfin je re-pose pour Antonin.

La Toussaint approche, et comme chaque année je me sens un peu patraque.

Je marche. Quelques centaines de mètres depuis la vieille ville, où j'habite, jusqu'à la maison d'Antonin, rue Erckman-Chatrian, à deux pas de l'Orangerie. J'aime sa maison qui donne sur les méandres de l'Ill. Elle est simple et cossue à la fois, pleine de livres et de tableaux.

J'arrive, je pousse la grille noire qui n'est jamais fermée à clef. Je sonne, la porte s'ouvre.

– Je t'attendais ! Je commençais à craindre que tu aies oublié !

Il rit, il ne croit pas un mot de ce qu'il vient de dire. Il savait que je viendrais, que je ne louperais pas une minute de pose. Je veux me voir, comme je suis, ou comme il me voit. Oui, c'est ça : je veux me voir comme il me voit.

Pour voir s'il m'aime.

Je le saurai bientôt.

Il emporte une bouteille de coca – finalement il s'y est mis lui aussi, à ce breuvage infâme –, et nous réintégrons son atelier.

Il découvre la toile. C'est notre rituel. Je regarde. Je fais : ouais, c'est pas fini ?

Il répond : pas encore, mais ça ne saurait tarder, encore une couche ou deux…

On rit. On boit un premier verre dans des gobelets en plastique. On dépose les verres sur une antique étagère qui risque de s'écrouler.

Il a déjà allumé le radiateur à gaz. On peut commencer.

Je m'assieds sur mon tabouret. Il met sa blouse constellée de taches. Il prend son pinceau.

Début de la séance. Elle dure au moins deux heures. Il ne parle presque pas. Moi non plus. Il est ailleurs. Il me regarde de temps en temps mais j'ai l'impression que c'est une autre qu'il voit. Il ne sourit pas. Il se concentre. Je pense. À moi, à lui, à mes parents, à Isabelle, à Ophélie, à Caro. C'est fou comme on pense bien quand on pose. Je ne pense même pas à Tristan, ou juste comme ça, en passant. Je pense à ceux qui m'aiment, qui font partie de ma vie. Ils sont suffisants, finalement.

– C'est fini pour aujourd'hui.

Il me libère. Je me lève, m'étire, il trempe ses pinceaux dans la térébenthine. L'atelier embaume. J'adore cette odeur. Je voudrais m'y noyer.

Je n'ai pas le droit de m'approcher de la toile. Ce sera pour la prochaine fois. Il faut d'abord qu'elle sèche.

– Je pense qu'elle est finie, déclare Antonin. Tu jugeras la prochaine fois !

Jamais je ne tiendrai.

– Je viendrai regarder en cachette !

– Je fermerai à clef, m'assure-t-il.

Nous buvons du coca. Toute la bouteille y passe, ça fait partie de la séance. Il ne m'embrasse pas, ne fait pas un geste, on parle. De tout. Avec lui, je me sens intelligente. Avec Tristan je me sens sale.

La bouteille est vide. On se lève. On ne s'embrasse toujours pas. Il me dit à plus, demain au bahut, et je lui réponds à plus.

Je tire la grille, je me retrouve sur le macadam. L'Ill s'étire en contrebas. Elle ne me semble plus pleine de larmes. Elle me semble pleine d'eau.

Chapitre 9
Trop, c'est trop

Je suis rentrée chez moi toute guillerette après cette séance de pose. J'étais véritablement d'une humeur radieuse, à voir le printemps partout, à siffloter dans la rue, à sourire aux passants qui ont dû me croire folle.

J'ai grimpé les escaliers en pensant au tableau d'Antonin. Machinalement, j'ai inséré ma clé dans la serrure.

Et c'est là que tout a basculé.

J'ai poussé la porte qui n'était pas verrouillée.

Dedans, assise dans le fauteuil de mon père, il n'y avait pas mon père.

Il y avait Isamoche, qui lisait.

Elle a levé les yeux, posé le livre, déclaré de sa

voix tranquille, horripilante :

– Bonjour, Ninon, tu vas bien ?

J'ai grommelé je ne sais plus quoi. Que oui, que non, enfin qu'importe.

Elle explique, sans se départir de son ton lisse et ordonné :

– Le propriétaire de l'immeuble a décidé de faire des travaux, alors comme j'ai du mal à supporter le bruit, je suis venue me réfugier ici…

– Vous avez les clefs ?

Mon père les lui a données. Un trousseau. Rien que pour elle.

Elle le dit. Elle l'articule, lentement, sans doute pour que je n'en perde pas une miette.

Je ne réponds pas. Je me dirige vers ma chambre.

Je claque la porte.

Je m'affale sur mon lit, je me mouche dans la couette. Elle a les clefs. Elle est chez elle. Je ne suis plus chez moi.

J'attrape mon sac à dos, y fourre quelques vêtements que je prends au hasard dans mon armoire et je me faufile dans le couloir, sur la pointe des pieds.

Je me retrouve dans la rue avec mon sac sur le dos, comme si j'allais en randonnée pour le week-end. Et si j'y allais ? Si je les laissais se débrouiller sans moi puisqu'ils ont l'air de tant y tenir ?

Voici la place Kleber et ses pavés. Ses magasins, et… le labo de mon père.

Je fais demi-tour. Direction la gare, Caro habite dans une des petites rues en face.

Je voudrais que quelqu'un vienne me sauver. Comme dans *La Fille sur le pont*. Mais ça n'arrive qu'au cinéma. Dans la vie, on laisse les gens crever.

Caro me fait entrer.

Je m'effondre sur son lit, m'empare de son affreux nounours pelé, le serre contre moi comme une noyée son sauveteur.

Je lui raconte les clefs, la belle-mère déambulant dans l'appartement comme si elle était chez elle.

Si elle me dit que ce n'est pas si grave, je la mords.

Elle ne dit rien. Je conclus :

— Et en plus, mon père ne m'a même pas

appelée ! Il s'en fout complètement !

– Comment t'aurait-il appelée ? rétorque Caro, tu n'as plus de mobile, je te rappelle !

Je me mords les lèvres. N'empêche, ce n'est pas une raison.

– Il aurait pu téléphoner ici... s'inquiéter quoi...

– Il est à peine 19 heures ! Il ne sait même pas que tu es partie ! Personne ne le sait. Même Isabelle doit te croire dans ta chambre...

Les arguments de Caro me font du bien. Elle est vraiment géniale cette fille !

– Bon, si on parlait d'autre chose ? Des lettres pour le concours par exemple ?

– Tu veux que je te lise la lettre que j'ai pondue pour le concours ?

Je hoche la tête. Elle prend ça pour un oui. Elle lit.

Je n'aime pas, pas du tout. C'est une lettre d'excuse, pas une lettre d'amour. Le narrateur est un homme qui a quitté, ou plus exactement, largué, sa famille, pour aller vivre ailleurs. Et dix ans plus tard, il écrit pour expliquer son geste, et tenter de se justifier. Il me donne envie de vomir. Il dit qu'il les aime malgré tout, qu'il n'a pas cessé de penser à sa femme, à ses enfants, pas une seconde. Mais cela ne l'a pas empêché de se remarier sous une autre identité au fin fond de l'Argentine et de faire deux gamins à sa seconde épouse.

Elle repose la lettre sur son bureau. Quête mon approbation, en tendant vers moi son visage triangulaire de chaton efflanqué plein de charme.

– Alors ?

– Bof.

– Tu n'as pas aimé ?

– C'est pas ça l'essentiel. Je crois qu'avec ce truc tu n'as aucune chance d'être sélectionnée. Les jurés, même si ce sont des adultes, aiment qu'on les fasse rêver, et ta missive, excuse-moi, elle fait tout, sauf rêver.

Elle réfléchit.

Elle relève la tête. Sourit.

– Tu as sûrement raison ! Je te lis la seconde ?

J'écoute. Sa voix me pénètre, me charme jusqu'à la moelle. Là, j'y crois, je me laisse emporter. Je flotte, béate. Je grimpe les sommets, devant moi la chaîne des Aravis, les neiges éternelles des

Alpes, et la main du garçon que j'aime qui m'aide à escalader les derniers rochers, nous y sommes. Seuls en haut de la montagne, il m'embrasse. Comme je l'aime.

– C'est fini !

Je sursaute :

– T'aurais pu continuer encore pendant des heures ! Celle-là, ma vieille, elle a toutes ses chances ! Tu vois, que tu sais écrire des lettres d'amour ! Ce n'est pas difficile, il faut juste se laisser aller.

Sauf qu'aucune de toutes celles que j'ai écrites ne trouve grâce à mes yeux.

Sur ce, le téléphone sonne.

C'est mon père. Il s'inquiète, s'affole, appelle, accourt.

La mère de Caro frappe à la porte :

– C'était Sophie, elle m'invite à aller au ciné avec elle, ce soir, je peux vous laisser seules toutes les deux ?

– Va maman, on se débrouillera avec le frigo !

Elle tourne le dos, rassurée. On entend le bruit de l'eau dans la salle de bains, elle prend une douche, se fait belle.

— Tu es sûre qu'elle s'appelle Sophie la copine et pas Edouard ou Jean-Pierre ?

Elle se met à rire :

— J'aimerais bien ! Comme ça, au moins, elle serait heureuse !

— Bon, ce n'est pas tout ! Si on allait voir dans le frigo ce qu'il contient ?

Il contient des frites surgelées, des lamelles de viande marinée dans des épices, des tomates, de la salade, des cornichons, de quoi nous confectionner des pitas inoubliables.

— Tu sais quoi, Ninon ? me déclare Caro en mordant dans sa pita, tu devrais avoir un copain ! Moi, depuis que je sors avec Jonas ça va beaucoup mieux, je ne pense presque plus à mon père, ou alors comme quelqu'un de très lointain qui a existé dans une autre vie…

Je repousse ma pita, fonds en larmes. Je hoquette :

— Je SUIS amoureuse ! C'est bien ça le malheur !

Je lui raconte.

— Tu es amoureuse de Tristan ! Eh bien, tu le cachais bien, parce que j'étais persuadée que tu ne le trouvais pas si génial que ça. Et même parfois carrément nul.

Je ne le trouve pas si génial que ça. Et même parfois carrément nul. Mais n'empêche, sa voix me fait chavirer.

– Et que vas-tu faire ? demande-t-elle en reprenant sa pita, que mon annonce lui avait fait lâcher sur la table.

– Rien, je prononce d'un ton lugubre. Rien.

– Tu peux toujours attendre qu'elle le jette, ça finira par arriver, il est archi-désagréable avec elle, et elle commence à ne plus le supporter. Après, tu récoltes les miettes, ça te dit ?

Je ne réponds pas. Tristan largué par Ophélie, ça reste toujours Tristan. La voix ne change pas. N'empêche, je ne me vois pas dans ce rôle. Je ne me vois nulle part d'ailleurs. Même pas sur le tableau qu'Antonin n'a pas fini. Normal, qu'il n'arrive pas à me finir, je ne suis pas finie. Je suis en état d'achèvement, avec de gros travaux de délabrement malgré mes seize années.

– Et si tu regardais un peu autour de toi ? On dirait que tu es aveugle ! Tu ne vois donc pas qu'Antonin t'adore ?

Je n'ai pas envie de parler d'Antonin. Antonin

et moi, c'est une relation… spéciale. Qui n'a pas de nom. Ce n'est ni de l'amitié, ni de l'amour, c'est autre chose… je ne sais pas quoi. Mais je ne l'aime pas. Je suis bien avec lui, je l'adore, je tout, mais ce n'est pas de l'amour.

— Il n'y a pas que le coup de foudre, comme genre d'amour, continue Caro qui semble soudain en connaître un rayon sur le sujet. Serait-elle aussi surdouée en amour ?

Téléphone. Cette fois, c'est mon père.

Qui me cherchait. Qui ne m'a pas trouvée. J'ai fait signe à Caro de lui dire que je restais pour le week-end, et je n'ai pas voulu prendre le téléphone.

Il a raccroché. Sans insister. Il ne m'aime pas.

— Tu ne sais pas ce que tu veux, soupire Caro, et puis, vraiment tu devrais te trouver un garçon ! Parce que ta relation avec ton père, ça vire au dépit amoureux !

— Et quel garçon, je te prie ? Jonas le parfait aurait-il un frère ?

— D'abord, il n'est pas parfait, et ensuite tu es bien capable de dénicher un garçon toute seule !

Apparemment, non.

Elle insiste, récapitule tous les garçons de la classe, du moins ceux qui sont encore disponibles. Le choix est mince.

– Victor ? La bête à concours, le fort en thème ? Et puis, il est moche.

Jugement sans appel. Je ne suis pas le genre top model mais le garçon que j'aimerai sera beau. Ou ne sera pas. Je commence à croire qu'il ne sera pas.

Nous mangeons. Ces pitas sont délicieuses. J'en reprendrais bien une troisième mais le pain vient à manquer.

– Tu veux une glace ou un fruit ?

Je prends glace. Elle, fruit. Raisonnable, comme toujours.

– Tu crois qu'il va appeler ?

– Tristan ?

– Mais non, mon père ! Tu crois qu'il va me rappeler ?

Elle hausse les épaules :

– À sa place, je m'abstiendrais. Il sait où tu es, il n'a pas à se ronger les sangs… Si on regardait la télé ? suggère-t-elle, ça te changerait les idées, on devrait pouvoir encore avoir des bribes de *Faut*

pas rêver, c'est pas trop débile !

On va rêver.

Je me suis endormie devant la télé.

J'ai dormi sur le canapé, et je ne me suis même pas réveillée quand la mère de Caro est rentrée.

– Téléphone, tiens, c'est pour toi !

Je saisis et prononce :

– Tristan ?

Gloussement au bout du fil.

– Désolé, ce n'est que ton père qui vient prendre de tes nouvelles.

Je me réveille, m'assieds sur le canapé. Mon père !

– Oui, je voulais voir si tu étais encore en colère… ou si la nuit porte conseil…

Je grommelle que je n'en sais rien.

– En tout cas, je voulais te dire que tu peux rentrer quand tu veux, Isabelle n'est pas là.

– Bonne nouvelle ! Excuse-moi, papa, mais j'ai du lait sur le feu, je te rappelle. À plus.

Sur ce, je raccroche.

– T'es gonflée ! s'exclame Caro encore en chemise de nuit, tu dis qu'il te laisse tomber et quand il s'inquiète tu le jettes !

Je ne réponds pas. J'ai soif.

J'avale mon coca. Il n'y a pas d'heure pour boire du coca. Le breuvage infâme m'ayant éclairci les idées, je décide de rester chez Caro jusqu'à dimanche soir.

Elle est d'accord, mais elle n'approuve pas la raison : infliger à mon père une punition exemplaire.

— Finalement, conclut-elle, tu as peut-être raison de ne pas rentrer, ça lui fera des vacances !

Elle glousse, je ris jaune.

Puis j'annonce le programme des réjouissances : aujourd'hui, lèche-vitrines et cinéma, demain balade à l'Orangerie, et un tour à l'expo impressionniste.

— Antonin m'en a dit le plus grand bien.

— Et les devoirs, jamais ?

— Jamais, je réponds.

Chapitre 10
L'accident

Le soleil du matin est venu me chatouiller. Je me suis levée d'un bond pour constater qu'il était 9 heures.

Et j'ai cours à 8.

Et que fait mon père ?

Il dort. Je le réveille. Son radio-réveil n'a pas fonctionné, ce matin.

– Ça nous a fait du bien de dormir, constate-t-il, mais maintenant, zou, on se bouscule un peu !

Je vais arriver en retard au bahut. Je m'en moque. Je voudrais être ce soir pour poser face à Antonin. Là, je me sens bien, chez moi. J'aime son regard sur moi. Un regard qui n'a rien d'in-décent, rien de brutal. Un regard qui essaie de me voir. Me cerner, telle que je suis. Qui voit au-delà des apparences.

Ils sont déjà en récré lorsque je me pointe. Ils rient. Antonin me glisse :

– Alors t'as fait la java ce week-end chez Caro ?

– Les nouvelles vont vite !

– C'est moi qui ai pris des nouvelles samedi matin ! J'ai appelé, tu étais sous la douche, Caro m'a appris que tu restais chez elle. Je suis sûr que ça t'a fait du bien de prendre un peu de recul. Écoute, à part ça, je voulais te dire…

Il hésite. Qu'a-t-il à m'avouer ?

– Ce soir, ce n'est pas possible, je ne pourrai pas peindre…

Pour un lundi matin, la nouvelle est fameuse.

– Et pourquoi ?

– Parce qu'Aude et ses parents, qui sont des amis des miens, ont débarqué ce week-end, et que je ne peux pas la planter là… je dois m'occuper d'elle un minimum…

– Elle ne va pas en cours cette charmante damoiselle ?

– Elle suit les cours du Cned. Comme ça, elle travaille à son rythme. Ils repartent demain matin… se hâte-t-il d'ajouter, ensuite on aura tout le temps surtout que c'est bientôt les vacances de la Toussaint, tu ne pars pas, je pense?

— Je l'ignore, lui réponds-je de mon ton le plus glacial. J'ai peut-être moi aussi une Aude quelque part, à Saint-Malo par exemple, je me demande si je ne vais pas y faire un saut…

Il me regarde d'un air de chien battu. Puis soudain il éclate de rire :

— T'es adorable quand tu boudes !

— Je ne boude pas !

— Mais si, tu joues la petite fille capricieuse, et t'es à croquer. Ta fossette, par exemple, est irrésistible.

Ça me rappelle quelque chose. Tristan, aussi, me disait que j'étais irrésistible. Tous des menteurs. Préférer une Aude à nos séances, sacrées, de pose ! À quoi pense-t-il ? Serait-il amoureux de cette pimbêche ? Je ne la connais pas, mais elle a un prénom de mijaurée.

Que croyais-tu donc Ninon ? Tu ne l'aimes pas, toi, alors, qu'il en aime une autre, où est le problème ? Il ne t'a rien promis, hormis de faire ton portrait. Vous êtes amis, copains, complices, c'est tout. C'est spécial parce que tu as l'impression que vous êtes différents de tout ce que tu viens d'énumérer ? Plus qu'amis, copains, complices, mais pas amoureux ? Alors, ça s'appelle comment ?

Ça n'a pas de nom, ou alors je ne l'ai pas encore trouvé.

Le moral dans les chaussettes, je me dirige vers le bureau du CPE qui me fournira l'autorisation d'entrer en cours.

Cours de français. La prof, mademoiselle Bigouden, nous parle de Rousseau. Moi aussi, je suis dans mes rêveries solitaires, sauf que je ne me promène pas. Mais seule comme lui, je suis. Sauf que je n'aime pas particulièrement cette solitude.

Sitôt la fin du cours, au lieu de retrouver les autres à la pause, je rentre chez moi. Une promenade le long des canaux me fera du bien, m'éclaircira les idées. Et je ne veux prendre le risque de tomber ni sur Antonin ni sur Tristan.

Quand on parle du loup… le voici. Tristan, plus beau que jamais. Avec sa voix ensorceleuse. Il m'a repérée, il s'approche :

– Tiens, Ninon ! On dirait que tu me fuis ces

derniers temps.

– Pas du tout, je ne vois pas pourquoi je me sentirais obligée de te fuir…

Il me prend par la main, m'entraîne. Dans une ruelle derrière la cathédrale. Il me presse contre un mur. Il pose ses lèvres sur les miennes. Je le repousse.

– Qu'est-ce que tu as ? Tu ne veux pas ?

– Non, je prononce faiblement avec l'envie folle de dire si.

– Mais tu en as envie, ne mens pas ! Je le vois !

– Tu vois faux ! Et puis, je ne veux pas faire partie de ton harem… À part Ophélie et moi, qui sont les autres élues ?

Il laisse tomber sur moi son sourire de séducteur. Je vais succomber. S'il me reprend dans ses bras, je ne réponds pas de moi.

– Il n'y a que vous deux, et puis, avec Ophélie ce n'est pas pareil…

– Évidemment ! Tous les hommes mariés disent ça à leur maîtresse : avec toi, ce n'est pas comme avec ma femme.

– Ophélie n'est pas ma femme, me fait-il remarquer.

— Je m'en fous ! C'est pareil pour moi ! On n'embrasse pas ailleurs, que veux-tu, je suis vieux jeu, ringarde, emmerdeuse, pas moderne, pas dans le coup, pas glamour, pas in. Je suis out.

Et sur ce, je le plante sur son bout de macadam souillé par les crottes de chiens.

Je ne me suis pas si mal débrouillée, finalement, pour une débutante en amour.

Tu aurais pu l'embrasser, idiote. Au moins, quelqu'un t'aurait embrassée. Et Tristan en plus. Celui que tu aimes. Sotte Ninon. Tu finiras vieille fille. Comme mademoiselle Bigouden, avec des cheveux comme un caniche frisé.

Pour une fois qu'un garçon veut de toi. Toi, tu le laisses filer.

Je vais finir seule, comme Rousseau. Et j'irai me promener dans les bois avec dans la poche de mon imperméable un exemplaire des *Rêveries*.

Je n'ai pas adressé la parole à Antonin une seule fois de tout l'après-midi. Après les cours, il se dirige vers moi, comme si de rien n'était :

— Bon, ce soir, comme je te l'ai dit, c'est pas possible, mais demain c'est ok ?

— Je ne sais pas, je réponds, je n'ai encore rien

prévu, je verrai demain…

Il sourit faiblement avant de dire :

– Bon, à demain alors ? Tu me donneras ta réponse demain matin ?

– D'ac, j'ai laissé tomber, demain sans faute.

* * *

Il n'y aura pas de demain. Jamais je ne pourrai dire à Antonin combien je regrette mon attitude débile. Combien j'ai été folle de vouloir le punir pour quelque chose qu'il n'a pas fait.

Antonin va mourir.

Il est à l'hôpital, dans le service de réanimation, bardé de tuyaux et d'appareils sophistiqués dont je ne comprends même pas le nom, sauf que c'est grave, sérieux, et pratiquement désespéré.

Un chauffard ivre mort et sans permis l'a renversé hier soir en rentrant du lycée, à deux pas de chez lui. Il traversait la rue sur un passage protégé, l'autre arrivait à cent à l'heure, il l'a fauché de plein fouet, il s'est écrasé contre la façade d'un immeuble. Il avait certainement dans la tête les dernières paroles que je lui ai jetées, mes mensonges destinés à le blesser.

Il ne sait plus rien. Ni qui il est, ni ce qui lui est arrivé. Il est dans le coma.

C'est Caro qui m'a annoncé l'horreur deux heures plus tard, pendant que j'étais tranquillement en train d'écrire. J'écrivais des mots d'amour quand le téléphone a sonné. Je n'ai pas voulu décrocher tout de suite, le répondeur s'est mis en route et j'ai entendu la voix de Caro « décroche si tu es là, Antonin… »

J'ai décroché et l'horreur s'est mise en route et ne me lâche plus.

Sauf que je ne suis pas dans un film.

Je n'ai pas fermé l'œil de la nuit que j'ai passée à rabâcher. À penser à lui. À lui que je ne reverrai pas. Je ne pourrai jamais lui dire que…

Que quoi ?

Que je l'aime.

– Allez, Ninon, du courage ! Il n'est pas mort !

– Ah oui ?

Je serais prête à me raccrocher à n'importe quoi.

– Allez je te beurre une tartine, et tu la manges, promis ?

Je grimace que je n'ai pas faim. Ni soif. Or, mon père a préparé jus d'orange et thé vert, mon préféré.

– Je ne veux pas que tu tombes malade, ma chérie… Je me rappelle, quand ta maman est morte… Tu ne parlais plus, tu ne mangeais plus, ça a été très dur. Comme si tu avais voulu mourir toi aussi, pour la rejoindre… Mais tu sais, tous les gens que tu aimes ne vont pas forcément mourir…

Le tableau ! Je ne le verrai peut-être jamais. Il disparaîtra avec lui. Ses parents le rangeront dans une caisse, encore humide. Il n'aura même pas eu le temps d'être verni. Ni de vivre au grand jour. Je vais me retrouver dans un grenier ou une cave pour le restant de mes jours.

– Avale au moins un peu de jus d'orange ! me recommande mon père.

Le lycée m'attend.

Mon père me conduit.

Moi je pense à Antonin. Ce qui est sûr, c'est que je l'aime. Je l'ai su dès que j'ai appris la nouvelle de l'accident. De l'instantané. Comme un coup de foudre.

Je l'aime et il va me laisser.

Je quitte l'abri de la Safrane. Mon père pose ses lèvres sur mes joues. À ce soir, me dit-il, et courage !

Le lycée me paraît lugubre. Il fait froid.

Caro a des yeux en forme de patates. Ophélie se mord les lèvres. Tristan s'en fout.

Les profs sont déjà au courant. Toute la ville est au courant. Dans le journal du matin, on peut voir la photo d'Antonin, et lire la rubrique, quasi nécrologique, qu'on lui consacre. La mort d'un lycéen.

Chaque prof y va de son petit discours. Je pleure sans même essayer de me contrôler. Je m'en fous, j'ai du chagrin, j'en crève, je l'aime et je ne le lui ai jamais dit. Comme je n'ai pas dit à ma mère que je l'aimais, parce que j'étais trop petite. Et après, c'était trop tard.

Il faut toujours dire je t'aime aux gens qu'on aime, pendant que c'est encore possible. Après, c'est souvent trop tard, l'occasion est passée. On est passé à côté. Et on passe sa vie à regretter.

Le remords me ronge.

Je t'aime, Antonin.

Vers midi, on m'envoie à l'infirmerie. Le prof

d'anglais n'a pas supporté mes larmes. Il m'a expédiée chez la femme qui sait apaiser toutes les douleurs, c'est comme ça qu'il l'appelle. Il croit que tout se règle à coup de potions magiques, ce serait trop simple.

L'infirmière me propose un fauteuil. Je m'affale. Je pleure, je ne sais faire que ça. Je vais passer ma vie à ça. Je dégouline, elle me tend un mouchoir, puis un deuxième, ça ne s'arrêtera pas.

– Qu'est-ce que je peux faire pour vous à part vous fournir en Kleenex ?

Elle a un sourire plein de compassion.

– Si vous pouviez parler, ça vous apaiserait un peu…

Je hoquette, mais je raconte. Elle écoute. Elle ne pleure pas.

– Ma mère et maintenant lui… c'est un peu trop pour une seule personne, vous ne trouvez pas ?

Elle trouve. Mais rectifie :

– Si je comprends bien, Antonin n'est pas mort, il est dans le coma…

Hélas oui. Dans le coma.

Elle me parle d'espoir. Je hais l'espoir. L'espoir

tue à petit feu. Je me consume. Je veux qu'il se réveille, tout de suite, qu'il ouvre ses yeux, qu'il me voie, qu'il prenne ses pinceaux, qu'il me peigne, qu'il m'aime. Qu'il me le dise, qu'il l'écrive avec ses couleurs, qu'il le signe de son nom au bas du tableau. Je veux une preuve.

– Vous voulez que j'appelle votre père ?

Je ne veux pas. Je ne suis pas une enfant. Je suis une enfant sans mère, j'ai l'habitude de l'absence, une longue habitude. Je me suis forgée dans l'absence.

Je quitte l'infirmerie, les murs blancs, l'infirmière douce, les potions qui ne sont pas magiques. Je me retrouve à l'air qui n'a plus rien de libre, même les nuages me semblent en prison dans le ciel. Comme Antonin prisonnier de son lit, de ses appareils.

Je marche sans but. Pas envie d'attendre Caro et la fin des cours. Pas envie d'entendre ses larmes. Pas envie de rejoindre mon père qui ne manquerait pas de me parler d'espoir. J'erre. Je me heurte aux passants, je suis seule avec Antonin qui ne me voit pas. Seule avec ce qui n'a pas été.

Ça fera comme avec Charles : je vais vivre un

grand amour virtuel. Je vais imaginer comment aurait été notre vie, Antonin et moi à Saint-Malo, dans la villa de ma grand-mère, dans le souvenir heureux de ma mère qui a vécu là une enfance tendre et choyée, Antonin et moi sur l'îlot de Chateaubriand, face au large, aux flots à la couleur changeante. Antonin et moi dans l'eau verte du mois d'août, les vagues nous recouvrent, ses lèvres ont un goût de sel et d'été, il me ramène sur le rivage, m'enveloppe dans le grand drap de bain bleu, nous nous couchons sur le sable, nous sommes seuls au monde. Après, les crêpes au *Bistrot de la Marine*, le patron et son éternel béret nous servira du cidre dans des chopes et nous serons heureux, tout simplement.

Je me retrouve devant la grille noire entrouverte. J'entre.

Son père m'ouvre :

– Ninon, bonjour ! Entre, je suis seul, Iris est auprès d'Antonin…

Je le suis dans le couloir qui mène au séjour. Les coussins sont toujours éparpillés sur les canapés en cuir face à la cheminée éteinte. Les chats dorment. On pourrait croire qu'Antonin est en train de peindre dans son atelier au fond du jardin.

– Il reste du saucisson et des cacahuètes… si tu veux te joindre à moi…

Je veux bien. Avec Antoine, il me reste quelque chose d'Antonin. Ils se ressemblent, le père et le fils, le même regard un peu embrumé.

On grignote. Il a apporté une bouteille de coca. Il sait que j'aime le coca, ce breuvage infâme.

– Allez, haut les cœurs !

J'écoute la voix d'Antoine me parler d'Antonin. Elle me raconte le petit garçon qui courait sur le sable, qui voulait empêcher l'océan de quitter le rivage, qui remplissait des seaux d'eau pour garder la mer.

– Il n'arrivait pas à comprendre que l'océan s'escamote régulièrement, quand la marée était basse. Il voulait marcher le plus loin possible pour aller chercher la mer et l'obliger à revenir. Il refusait de ramasser les coquillages, il disait qu'il fallait les laisser à la mer, que c'étaient ses trésors et qu'elle se mettrait en colère si on les lui volait pendant son absence. Et puis à dix ans il a voulu un chevalet et des peintures, parce qu'au musée d'Orsay il était tombé amoureux d'une toile de

114

Caillebotte, *Les Raboteurs de parquet*. Il avait été subjugué par la force qui émane de ce noir et gris, de cette pièce vide, de ces torses nus.

J'écoute, charmée. Je le vois, debout face au grand tableau, cherchant l'âme du peintre, essayant de retrouver l'esprit qui était le sien lorsqu'il peignait ces hommes accroupis sur le parquet.

Nous nous taisons. Nous croquons les cacahuètes. Le vent s'engouffre dans la cheminée. Je pense à la toile qui attend sur le chevalet. La toile avec moi dessus, ou dedans. Moi aussi il est venu me chercher, comme il cherchait la mer…

Caro, debout à l'entrée de la pièce, nous tire de nos songes.

– C'était ouvert, explique-t-elle, je suis entrée, pardon de vous déranger…

– Tu ne nous déranges pas, Caro, se hâte de déclarer Antoine, tu as déjeuné ?

– Non, mais je n'ai pas faim, il y a des nouvelles pour Antonin ?

– Rien, répond le père, Iris m'a appelé il y a une heure, rien de neuf.

Re-silence. On entend une mouche qui se fracasse contre une vitre.

Caro se presse contre moi. Nous sommes ensemble dans la même douleur muette.

– Le soir, quand on rentrait de la plage, quand mon père était encore là et qu'on louait tous ensemble une villa sur le bassin d'Arcachon, on faisait des crêpes, on les farcissait de Nutella. On en avait plein les lèvres, les joues, ensuite on se passait le tuyau d'arrosage, ça faisait des flaques, le chien se vautrait dedans, on avait même un chien à l'époque…

Je rêve que dans son sommeil immobile Antonin pense à moi. Qu'il me murmure les mots que j'attends. Les mots qui font du bien. Les mots doux et tendres comme du miel sauvage. Les mots de l'amour.

Une porte claque, qui me tire de mes rêves. C'est la mère d'Antonin, elle a les yeux en capilotade, cernés d'un mauve qui n'a rien d'artificiel. Elle se jette dans un fauteuil :

– Bonjour, les filles ! Vous m'excuserez…

– Rien de neuf ? demande Caro.

Iris secoue ses boucles auburn. Rien. Rien de rien. Le calme plat.

Je pense à un film que j'ai adoré, un mélo

d'Almodovar qui s'appelle *Parle avec elle*.

– Je lui parle, de tout, du lycée, de vous deux, de Saint-Malo, de ses tableaux… mais rien.

– Il entend, je suis sûre qu'il entend…

– Je voudrais bien te croire, mais personne n'en sait rien… même ceux qui émergent du coma ne se souviennent de rien… il est dans une autre dimension… inaccessible…

Pourquoi est-ce que je n'arrête pas de me dire que moi, j'y arriverais ? Moi je saurai trouver les mots qui l'atteindront, qui le feront trembler, qui l'obligeront à ouvrir les yeux. Comme dans le film. L'homme qui l'aimait a su trouver le moyen de la sauver. Bon, c'était un moyen qui peut prêter à discussion, mais moi je l'ai considéré comme un acte d'amour. Il lui a fait un enfant, et elle s'est réveillée… Moi, je lui…

Que lui ferai-je ? Je lui dirai que je l'aime. La parole est un acte. Irréversible. Je n'ai jamais dit à Tristan que je l'aimais. Je n'ai jamais prononcé ces mots devant personne, sauf devant mon père « mon papounet, je t'aime » dans nos moments de tendresse. Sauf devant la photo de ma mère au cimetière, assise sur le marbre, j'ai dit : « maman, je t'aime ». En espérant qu'elle m'entende.

Je lui dirai : je t'aime. Ce sera la première fois qu'il entendra ces mots. Il m'a confié qu'il n'avait jamais eu de petite amie. Qu'il n'avait jamais rencontré une fille avec qui il ait eu envie de partager un moment de sa vie, ou sa vie entière. Jamais. Moi idem.

– Je vais dormir quelques heures, annonce Iris en se levant, je vous laisse, vous retournez au lycée je suppose ?

On retourne. La vie continue. C'est ce qu'il y a de plus terrible. On voudrait que tout s'arrête. Que les horloges cessent de tourner. Que les voitures cessent d'avancer.

– Moi, je vais chez Antonin, déclare Antoine.

Le vent souffle en rafales, emportant les feuilles rousses. Les chrysanthèmes recouvrent les étals des fleuristes.

Et je n'ai pas eu le courage d'aller découvrir la toile dans l'atelier d'Antonin. D'ôter le drap blanc qui recouvre mon visage. Je ne saurai jamais comment il me voit.

– Alors ? nous demande-t-on.

– Rien, on répond.

Chapitre 11
Un garçon dans mon cœur

J'ai eu le droit de le voir.

Il est couché sur son lit. Blanc, le lit. Lui aussi paraît blanc. Ou plutôt gris. Ses paupières sont lisses. Je pose un doigt. Il ne réagit pas.

Vous pouvez lui parler, m'a dit l'infirmière, ça lui fera du bien. Et s'il bouge, ne vous affolez pas, ça lui arrive…

Je le regarde. Sans ses lunettes, il paraît moins grave. J'arrive à imaginer sans mal le petit garçon qu'il a été. Celui qui voulait empêcher les vagues de partir. Celui qui voulait retenir la mer. Il est beau dans son sommeil immobile. Il semble attendre.

Je sors la feuille que j'ai extraite de Babouf, ce

matin. Et je lis à mi-voix :

« Mon chéri amour,
Avec toi, je voudrais des aubes sur l'océan, des après-midi d'orages sur la montagne, des nuits avec des lampes multicolores sur les places de villages. Avec toi, je voudrais des champs de blé, des coquelicots sur des rivages pourpres, des bateaux qui glissent sur l'onde douce.
Avec toi, je voudrais tout oublier du monde, et tout retrouver dans tes yeux. Les tiens sont juste assez grands et profonds pour que mon âme puisse y tomber. Y trouver sa place.
Tu as su me regarder, et j'ai fini par te voir. »

Ma voix s'étrangle. C'est fou comme les mots traduisent mal les sentiments. Ou bien ils les expriment trop ouvertement, trop explicitement, ou alors ils les affaiblissent.

Lui dire que je l'aime n'est pas assez. Pourtant, je n'ai que les mots… et lui la peinture.

Il bouge. Mais l'infirmière a dit de ne pas m'affoler. Sa main tremble sur le drap.

Je m'approche, me penche sur lui, ses lèvres

sont lisses et tendres, j'y pose les miennes.

Il ne saura jamais.

Je sors.

La rue est pleine de gens qui courent.

Je voudrais hurler, qu'ils s'arrêtent de bouger, de rire, de ne pas savoir.

Je me retrouve devant la porte de Caro.

Elle n'est pas seule, je le devine tout de suite lorsqu'elle ouvre la porte. Elle me laisse entrer.

Jonas Ulm est assis sur le canapé du salon. J'ai sonné juste au moment où ils s'embrassaient.

– Je dérange ?

– Pas du tout, assieds-toi, je vais te chercher un coca.

C'est ça les amis : ceux qui n'ont pas besoin de vous demander ce que vous voulez boire.

Jonas feuillette un magazine de mode. Chemise Quick gold, tennis Rayman, poches énormes sur un pantalon impeccablement coupé, cheveux dressés sur la tête avec un gel hyper fixant, et un ovale de mannequin. Il a aussi la taille qui va avec – 1,80 m – et des jambes interminables.

Il parle de golf, de son lycée où il est en sport-études, en terminale. Comme je n'ai jamais tenu un club entre les mains je me contente de l'écouter. Il a une voix banale.

— L'été prochain, j'irai aux States pour m'entraîner dans les clubs de la côte ouest et je rencontrerai le champion du monde. Peut-être m'invitera-t-il dans sa villa de Beverley Hills, où il habite, tout près de Sharon Stone et de Cindy Crawford…

— Ce sont tes idéaux de beauté ? je lui demande.

— Ouais, un peu vieilles, mais encore séduisantes…

Caro boit ses paroles et le fixe comme s'il avait inventé le gazon anglais.

— Et Tristan et Ophélie ?

— Ça évolue. Ophélie va seule à la piscine, pendant que Tristan va courir avec un copain…

— Un copain ? Tu es sûre que ce n'est pas une copine ?

Elle hausse les épaules :

— C'est du moins ce qu'il dit ! Mais la parole des mecs…

Le joueur de golf lève un œil de son magazine.

— Quoi les mecs ? J'en connais des très fiables, comme moi par exemple ! Le jour où ma petite

122

copine me lassera, je le lui dirai, en face, et je prendrai mes cliques et mes claques, et ce sera clair et net.

– Ton sens de la fidélité t'honore !

Caro ne relève pas. Elle doit attendre que le couperet de la sentence masculine tombe.

Où vais-je traîner mon chagrin ?

Je me retrouve devant sa grille. Je me dirige comme un automate vers la cabane.

Le chevalet est à sa place. Le drap aussi. Blanc comme un suaire.

Je l'arrache. Un seul coup a suffi.

Je suis là. Il est là. Nous sommes ensemble.

Nous sommes deux sur la toile. Moi, en tout grand, et lui à l'endroit de mon cœur. Je touche le cœur (enfin la fille du tableau pose un doigt sur le cœur). Elle sourit, elle a l'air heureuse, plus heureuse que je ne l'ai jamais été. Elle est jolie aussi, sans doute plus jolie que je ne le suis. Je n'ai plus du tout l'air d'un pruneau. J'ai l'air d'une fille amoureuse.

Il m'aime. Je n'ai plus de doutes. Il m'a vue avec lui dans mon cœur. Les artistes sont tous des prophètes. Ils voient plus loin que nous. Lui savait que je l'aimais au moment où moi je me croyais éperdument éprise de Tristan.

Je ne remets pas le drap sur nous, je sors en laissant le tableau à l'air libre. Il est vivant. Nous lui avons donné la vie.

— Oh ma chérie !

Papa me serre dans ses bras.

— Ma chère petite fille, il est sauvé !

Je tombe, je tombe, je tombe.

— Il s'est réveillé ! Il a même dit deux mots… il est hors de danger…

Je ne saurai jamais si c'est au moment où j'ai soulevé le drap du tableau, ou si c'est au moment où je lui ai lu ma lettre. Qu'importe. Il est vivant.

Demain ou au pire après-demain, il m'embrassera.

* * *

Mon amour sort aujourd'hui. Grand jour. Je l'ai noté sur mon Babouf. Jour de liesse. Demain, Antonin ne viendra pas en cours, mais tous les soirs je lui apporterai les polycops. On travaillera ensemble, en attendant qu'il soit d'aplomb pour revenir au bahut. Pour l'instant, il récupère.

Il s'appuie sur son père. Il prend ma main, une rengaine trotte dans ma tête, « donne-moi ta main et prends la mienne », une chanson des années soixante comme quoi l'amour défie le temps. Iris ferme la marche en portant le sac. Nous avons l'air heureux. Nous sommes heureux.

Je bois mon coca. Antonin s'assied sur une chaise :

– J'ai été suffisamment allongé pendant deux semaines !

Il rit. Il n'a pas l'air d'en vouloir à celui qui l'a entraîné dans cette galère où il a failli perdre la vie.

Il murmure à mon oreille :

– On prend la bouteille de coca, et on va…

Je pose mon doigt sur ses lèvres.

– Oui, on y va.

On y va.

Il voit le tableau découvert, qui respire. Il me prend dans ses bras. Il se penche sur moi. Ses lèvres s'approchent, j'ai le cœur dans les genoux. Il m'embrasse.

C'était bien.

– Tu as aimé ?

Je désigne le tableau :

– Ça ? Ou ce que tu viens de me faire ?

– Tout !

– Tout alors ! J'aime tout, si tu veux savoir, j'aime tes tableaux, j'aime ton regard sur moi, j'aime tes lèvres sur les miennes, j'aime tes bras autour de moi… et plus que tout j'aime que tu m'aimes.

Il rit. Il m'embrasse.

Aujourd'hui il ne peindra pas.

On n'y songe même pas. On a mieux à faire.

Épilogue

Branle-bas de combat à la médiathèque. Le jury est en train de délibérer.

Nous sommes la veille de la Saint-Valentin, et beaucoup de choses ont changé ces derniers mois.

Ophélie et Tristan se sont séparés. Une séparation à l'amiable. Ils sont restés copains. Comme quoi, le drame n'est pas une obligation.

Si les histoires d'amour finissent mal en général, la sienne finit bien. Puisque qu'elle débouche sur une autre… Le bel officier blanc, le fils d'Isabelle, lui a écrit plusieurs fois, et elle ne m'a jamais lu ses lettres. Je crains le meilleur. Je crois que cette fois elle est vraiment amoureuse.

Isabelle et papa parlent de mariage pour le printemps. Papa m'achètera un studio où je veux, c'est moi qui choisis. Ils iront habiter dans l'appartement d'Isabelle en attendant de faire construire la maison de leurs rêves.

Caro et Jonas sont toujours ensemble, contrairement à toutes nos prévisions. Elle joue au golf avec lui, elle porte les clubs, et s'extasie sur les dons prodigieux, quasi surnaturels, du garçon de sa vie. Elle est aveugle mais heureuse. Ça durera peut-être. Je crois que Jonas vaut mieux que ce qu'il laisse entrevoir... Encore un qui est recouvert d'une sacrée carapace !

Restent Antonin et moi.

Nous nous aimons. C'est simple, et évident. C'est lui qui m'a donné mon premier baiser (et moi qui lui ai donné son premier baiser), et il est le garçon de ma vie. Dans cent ans, nous serons encore ensemble, heureux comme aujourd'hui. Plus, ce n'est pas possible.

Nous avons décidé d'accrocher le tableau dans ce qui sera notre chez-nous. Car en réalité – mais mon père ne le sait pas encore –, je ne vivrai pas seule dans le studio. Nous serons deux. Avec le

tableau. Notre tableau. Qui restera avec nous jusqu'à notre dernier souffle.

La présidente du jury annonce l'ouverture de la
cérémonie.

Elle prononce les noms des heureux élus.

Nous sommes deux à faire partie du lot : Caro
et moi.

Antonin me murmure à l'oreille : « j'aurais
mieux fait de peindre, j'aurais eu mes chances...
en tout cas, pour toi je n'avais aucun doute ! »

Le discours maintenant. La salle se tait.
L'auteur, présidente du jury, prend la parole :

« Je félicite les jeunes auteurs qui ont fait preuve
de beaucoup de courage. Car l'écriture est un
exercice de haute voltige où l'on n'est jamais sûr
de retomber sur ses pieds. C'est certainement ce
que pensent ceux qui n'ont pas été choisis.

Je voudrais lire un extrait d'une des lettres qui
me paraît d'une extrême originalité. Toutes méri-
tent d'être lues, mais j'ai choisi celle-ci, com-
prenne qui voudra ! »

Elle commence à lire.

C'est une lettre d'adieu. D'une mère à sa fille.
La mère va mourir, la fillette est presque un bébé.

« … *Je quitte la vie mais je te laisse tout l'amour que je porte en moi. Je sais que tu le garderas comme ton bien le plus précieux. Que tu sauras le protéger et le transmettre un jour à tes enfants. Ainsi, ma mort n'aura pas été inutile. Je te laisse le meilleur de moi-même. Et j'emporte avec moi le souvenir de tout le bonheur que tu m'as donné.*

Tu grandiras et tu pleureras en pensant que je t'ai abandonnée. Mais tu sentiras ma présence dans la lumière de l'air, dans l'éblouissement du soleil sur une vague, dans la clarté des chandelles. Je serai partout, et nulle part. Tu n'auras pas de mère plus fidèle que moi. »

Je pleure. Tout le monde pleure. L'écrivain repose la lettre. Elle dit :

– Je demande à Ninon de bien vouloir nous rejoindre.

Je marche vers elle. Un jour, je serai comme elle. J'écrirai. Le plus beau verbe de la langue française, avec aimer. J'aime. J'écris. J'aime écrire.

C'est moi qui ai écrit la plus belle lettre d'amour.

웃음이
멀려가봤자

À découvrir dans la même collection

Illustrations de Marie Perron

– Vive le réveillon !

Tu parles !

La musique était mortelle dans la salle des fêtes. Sur scène, deux filles en robe paysanne massacraient leur accordéon. À l'arrière-plan, un fou à lunettes défonçait joyeusement sa batterie. Autour de moi, les convives riaient en soufflant dans leurs trompettes. Quant à moi, j'étais triste et j'avais mal aux oreilles.

Parmi le public, il n'y avait qu'un jeune de mon âge et c'était Barnard, un élève de ma classe. Nous nous étions à peine regardés depuis le début du réveillon.

En fait, nous avions honte de nous retrouver dans un endroit aussi peu branché pour cette nuit de fête.

J'aurais tant voulu m'éclater ! Mais comment danser sans être ridicule sur *Riquita, jolie fleur de Java* quand on a quatorze ans, de longs cheveux blonds, des yeux magnifiques, un pantalon argenté et un mignon boléro qui s'arrête au-dessus du nombril ?

Je faisais donc la tête en chipotant mon morceau

de biche aux marrons.

– Tu ne manges pas, Victoria ? me demanda maman en revenant à table, rouge et essoufflée après une java endiablée avec le chef des pompiers.

– Non. Ça me dégoûte de manger de la biche.

Je préférai ne pas lui parler de l'absence de jeunes et beaux danseurs.

Elle se laissa tomber sur sa chaise :

– C'est un repas de réveillon, ma chérie ! Le traiteur a choisi de la biche parce que c'est un plat rare, comme l'autruche ou l'espadon.

– Les biches sont faites pour courir dans les forêts avec leur petit faon. Pas pour nourrir des humains qui soufflent dans des trompettes idiotes.

– Victoria ! Ce n'est tout de même pas notre faute si tu ne t'amuses pas. Nous nous sommes inscrits à ce réveillon du syndicat d'initiative depuis six mois. Tu entends ? Six mois ! Et toi, qu'est-ce que tu avais prévu pour ton réveillon ?

– Je devais le passer avec Annabelle dans l'appart de la sœur de Corentin avec cinquante copains et copines !

Maman sourit :

– Et le réveillon d'Annabelle et Corentin s'est

organisé… et désorganisé en deux jours !

– C'est de la faute de la sœur de Corentin qui n'est pas partie à l'étranger comme prévu. Elle a monté son propre réveillon chez elle. Et notre réveillon est tombé à l'eau.

– Et Annabelle et tes cinquante copains se sont dispersés dans la nature. Et toi tu es restée comme une cruche à pleurer sur ton sort. Et nous t'avons amenée avec nous. Et voilà comment tu nous remercies.

Les larmes me montèrent aux yeux.

– Je suis la plus malheureuse du monde.

– J'ai cru voir un garçon de ta classe là bas.

– C'est Barnard.

– S'il est lui aussi une victime de la sœur de Corentin, tu devrais aller lui parler.

– Il n'était pas invité.

– Vous pourriez danser ensemble ?

– Je ne préfère pas. Barnard me donne des envies de suicide.

Maman me prit la main :

– Fais-moi un sourire, Victoria. L'année prochaine, si tu t'y prends à temps, tu pourras organiser ton réveillon à toi ! Papa et moi sommes d'accord pour te laisser la maison.

– C'est vrai ?

– Puisque je te le dis.

Je me sentis soudain plus légère. Mes parents n'étaient pas si terribles après tout.

– Mange ta biche avant qu'elle ne refroidisse, dit maman en se levant. J'ai promis de danser une polka avec l'adjoint au maire. Je te laisse.

Je me retrouvai de nouveau seule au milieu d'une table de soixante couverts. Les convives dansaient la polka en rang. Maman rejoignit un gros homme et s'élança avec lui dans un pas compliqué qui consistait à piquer la pointe du pied, puis planter le talon avant d'avancer en deux petits pas glissés.

Les accordéons étaient branchés sur la sono. On ne s'entendait plus penser. De l'autre côté de la salle, je vis soudain un grand garçon blond qui ne m'était pas inconnu. Corentin ! Qu'est-ce qu'il faisait là ? Nos regards se croisèrent. Ses mèches d'or lui tombaient sur le front. Son col de chemise était ouvert. Il était pâle et affichait un air furieusement romantique. Le rythme des battements de mon cœur se précipita. D'où sortait-il ? Nous en étions à la biche, après l'apéritif, les petits fours, les fruits de mer, le feuilleté, le trou normand et je ne l'avais pas remarqué ? Je devais avoir besoin de lunettes.

Il agita la main dans ma direction. Je rougis et baissai les yeux, absorbée dans la contemplation de ma tranche de biche. Autant manger pour se donner une contenance. La polka se poursuivait. Les filles sur scène ne lâchaient pas leur accordéon de trente kilos. Elles devaient être super musclées. Une silhouette s'interposa entre les lumières et moi.

– Tu veux danser ?

Quelle poisse ! Le grand Barnard me contemplait de ses yeux noir charbon. Ses sourcils étaient si épais qu'ils lui faisaient une visière au bas du front. Avec ses cheveux ras, il m'avait toujours fait un peu peur mais là, réveillon oblige, il avait passé une chemise blanche et un pantalon noir qui le rendaient assez élégant.

– Heu… Non merci, dis-je. Je ne connais rien à la polka.

– Ça ne fait rien. On peut toujours essayer, non ?

– Je n'ai pas terminé de manger, désolée.

– Alors, tu ne veux pas danser ?

Je secouai la tête. Barnard haussa les épaules, me tourna le dos et rejoignit dignement sa place. Je poussai un soupir de soulagement.

– Tu veux danser ? demanda soudain une autre voix.

C'était Corentin ! Je ne l'avais pas entendu venir. J'avalai ma salive et reposai fourchette et couteau. De toute façon la biche était froide.

– Qu'est-ce que tu fais ici ?

– La même chose que toi.

– Tu n'es pas au réveillon de ta sœur ?

– Je voulais éviter de la massacrer pour la vacherie qu'elle nous a faite. Alors, j'ai suivi mes parents. Il faut bien fêter la dernière nuit de l'année, non ? Alors, tu viens ?

Corentin était le garçon le plus populaire du collège. D'habitude, il me regardait à peine. Si j'avais été invitée à son réveillon c'était parce que j'étais amie avec Annabelle et qu'Annabelle était l'amie de Corentin. Ce soir, pour la première fois, il me parlait vraiment seul à seule ! C'était sans doute parce que j'étais, dans l'assistance, l'unique fille âgée de moins de quarante ans…

J'hésitai puis me décidai. À quoi bon me morfondre plus longtemps sur ma chaise ?

Lito
41, rue de Verdun 94500 Champigny-sur-Marne
Imprimé en CEE
Loi n° 49-956 du 16 juillet 1949 sur les publications destinées à la jeunesse
Dépôt légal : mai 2004

en
cadeau
un
bracelet
chance

Tu as terminé les aventures
de Ninon ?
Découpe maintenant le bracelet chance
de ce livre et noue-le à ton poignet
en faisant un vœu.
Il suffit que ton bracelet magique
se détache pour que ton souhait se réalise.